心霊探偵八雲

ANOTHER FILES 裁きの塔

神永 学

JN267169

19306

PSYCHIC DETECTIVE YAKUMO

MANABU KAMINAGA

ANOTHER FILES 裁きの塔

主な登場人物

斉藤八雲 ……………… 大学生。死者の魂を見ることができる。

小沢晴香 ……………… 八雲と同じ大学に通う学生。八雲を想っている。

後藤和利 ……………… 刑事。八雲とは昔からの馴染み。

石井雄太郎 …………… 後藤を慕う刑事。すぐ転ぶ。

その時計塔は、大学のキャンパスの中心部に建っていた――。

高さ十五メートルほどのレンガ造りの塔で、最上部には部屋がある。ちょうど、中世の城の見張り台のような造りだ。

だが、時計塔に備え付けられた時計は、十一時五十五分を指したまま止まっている。

空襲のときに壊れたとも、落雷を受けたとも言われているが、その真相を正確に把握している者は少ない。

件《くだん》の時計塔には、かねてから妙な噂があった――。

塔の最上部の小部屋には、大きな姿見が置かれている。

その鏡は、黄泉《よみ》の国と通じていて、十一時五十五分にその鏡の前に立つと、亡者と再会することができるのだという――。

ただ、その噂を確かめられた者はいない。

なぜなら、亡者との再会を果たした者は、黄泉の国に連れていかれるからだ――。

第一章

時計塔の亡霊

FILE: 01

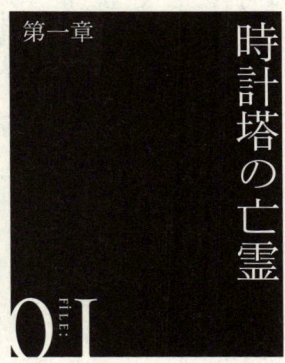

1

男は、黙々と階段を上っていた――。

時計塔の中にある階段だ。

塔の真ん中が吹き抜けになって、壁に沿うかたちで、階段が続いている。

手に持った懐中電灯の、わずかな明かりだけを頼りに、一歩、また一歩と階段を踏みしめるようにして歩く。

埃《ほこり》と黴《かび》の入り混じった臭いが、鼻腔《びこう》を刺激する。

中ほどまで来たところで、誰かに呼ばれたような気がして、男はふと足を止めた。

振り返り、階段を見下ろしてみたが、闇に包まれていて、階下の様子は分からない。

そもそも、誰かに呼ばれたからといって、引き返すつもりは毛頭ない。

――真実を確かめる。

男には、その強い意志があった。

この時計塔の最上部には部屋がある。そこに、大きな姿見が置かれていて、その前に立つと、亡者と会うことができるという噂を耳にした。

男は、その噂の真相を確かめようと考えていた。

この手の噂は、たいがいがデマなのは分かっているが、それでも男は時計塔に足を踏み入れた。

男には、どうしても会いたい人がいた。それは、もうこの世の人ではない。黄泉の国の住人だ。

しばらくして、最上部に到着した――。

階段とは違って明かり窓があった。夜ではあったが、月明かりが差し込んでいて、少なからず視界が確保できた。

かつて、ここはあるサークルが使用していた。

その名残として、机や椅子はもちろん、様々なガラクタが部屋の隅に積み上げられている。

部屋の正面――時計が掲げられている壁面に、ポツンと姿見が置かれていた。

台座に支えられた楕円《だえん》形のその鏡の縁には、蔦《つた》が這《は》っているような装飾が施されている。かなり年代もののようだ。

鏡面は、埃をかぶって薄汚れていたが、不気味な存在感を放っていて、噂が真実ではないかと思える。

しかし、鏡自体は、何の変哲もないものだ。

腕時計を確認してみる。もうすぐ、十一時五十五分を指そうとしている。

男は、じっと鏡を見つめる。

薄暗い鏡の世界には、代わり映えのしない部屋の風景と、自分の顔が見えるばかりだった。

――やっぱり、ただの噂か。

諦《あきら》めて、引き返そうとしたとき、鏡の奥で何かが動いた気がした。

はっとして振り返る。

しかし、そこには当然のように人の姿は見えない。

「気のせいか……」

再び鏡に目を戻した瞬間、バタンッと大きな音がして、側面にある窓が開いた。

そこから、びゅうっと冷たい風が吹き込んで来る。

舞い上がった埃が目に入り、男は顔を伏せる。

何度か目を瞬《しばた》かせてから顔を上げると、いつの間にか開いた窓の前に、黒い影があった。

おそらくは人だろう。

黒いフードのようなものを、すっぽりと頭に被っていて、顔は分からない。

男は、驚きのあまり後退《あとじさ》る。

「お願い……私は……された……」

窓の前に立った影が言った。

男なのか、女なのか、判別もできないほどに、ささくれ立った声だった。

「なっ……」

男は、恐怖のあまりその場から逃げ出そうとしたが、躓《つまず》いて転んでしまった。

痛みを堪《こら》えながら起き上がろうとしたが、それを遮るように、影が腐臭とともに覆い被さって来た。

男は息を詰まらせ、固まった。

「怖がらないで……私は……あなたの……」

影が言った。

間近で聞くその声は、掠《かす》れてはいたが、性別は判別できた。

「も、もしかして……君は……」

わずかに、フードの奥にある顔の口許《くちもと》の部分が見えた。厚みがあり、とても艶《つや》やかな色をした唇が、笑みを浮かべた。

「私は……」

影は、男の耳許で真実を告げた——。

それは、驚くべき内容だったが、同時に男にとっては、信じるに値するものだった。

「やっぱり君は……」

言いかけたところで、男の意識は闇の中に引き摺《ず》り込まれて行った——。

2

小沢晴香《おざわはるか》は、大学のキャンパスの南側——B棟の裏手にあるプレハブの建物を目指していた。

雲一つない秋晴れの空が広がっている。

吹きつける風が冷たい。髪をショートにしているので、首筋のあたりはかなり冷える。

──少し、伸ばしてみようかな?

などと考えている間に、目当ての建物の前に着いた。

プレハブ二階建てのこの建物は、各階十の小部屋があり、大学がサークルや部活動の拠点として貸し出している。

晴香は、一階の一番奥、〈映画研究同好会〉のドアの前に立った。

別に、晴香は〈映画研究同好会〉の一員というわけではない。そもそも〈映画研究同好会〉は存在しない。

部屋の主《あるじ》である斉藤八雲《さいとうやくも》が、学生課を騙《だま》して私物化し、文字通りこの部屋に住んでいる。

「やあ」

晴香はドアを開けながら声をかける。

八雲は、ドアの正面に位置する椅子に座り、本を読んでいた。

肌が白く、鼻筋の通った整った顔立ちをしているが、髪は寝グセだらけで、野暮ったい印象がある。

晴香が訪ねて来たことに気付いているはずなのに、挨拶《あいさつ》どころか本から目を上げようともしない。

別に機嫌が悪いわけではない。これが八雲のいつもの対応なのだ。

晴香はため息を吐きながら、八雲の向かいの席に腰を下ろした。それでも、八雲は本から目を離さない。

「ねぇ。挨拶くらいしたら？」

不満を口にすると、ようやく八雲が顔を上げた。

切れ長の目が、真っ直ぐに晴香を見据える。

「今のが、挨拶なのか？」

「え？」

「こんにちは、とか、ごきげんよう——だったら挨拶と認識もするが、君が発したのは『やあ』という奇声だ」

「奇声って……」

「奇妙な声と書いて、奇声だ」

「知ってます」

——酷《ひど》い言われようだ。

「だったら、文句を言われる筋合いはない」

八雲が、再び本に視線を移した。

言い返してやりたいところだが、今日はそうできない事情がある。

「あのね……ちょっと聞いて欲しいことがあるんだけど……」

晴香が切り出すと、手を翳《かざ》してそれを遮った。

「断わる！」

「まだ、何も言ってないんだけど……」

「どうせ、またトラブルだろ」

八雲は投げ遣《や》りに言う。

「何でトラブルだと思うの？」

「分からないのか？」

「分からないから、訊《き》いてるの」

「君は、生粋のトラブルメーカーだからだ」

違う——と言いたいところだが図星だ。

これまで、八雲に様々なトラブルを持ち込んで来た。八雲と出会ったのも、まさにトラブルだった。

友人の美樹《みき》が幽霊に憑依《ひょうい》され、心霊現象に詳しいという八雲の許を訪れたのだ。

普段は、黒いコンタクトレンズで隠しているが、八雲の左眼は鮮やかな赤に染まっている。

綺麗《きれい》なのだから、隠す必要などないと晴香は思うが、人は自分と異なるものを嫌悪する——というのが八雲の言い分だ。

八雲の左眼は、ただ赤いだけでなく、死者の魂——つまり幽霊を見ることができる。

その特異な体質と、類《たぐ》い希《まれ》な頭脳を活かし、鮮やかに美樹にとり憑《つ》いた霊を祓《はら》っただけでなく、表に出ることのなかった殺人事件をも解決してみせた。

それ以来、八雲と様々な事件に携わって来た。その全てが、晴香の持ち込んだものではないが、多いのは事実だ。

トラブルメーカーと呼ばれても仕方ない。

それに、今から八雲に話そうとしていたのは、推察された通りのトラブルだ。しかも、心霊がらみの——。

「分かってるよ……」

口にしながら、自然とため息が出た。

「自覚があるなら、さっさとそのトラブルを捨てて来い。どうせ、また自分から首を突っ込んだんだろ」

八雲は、虫を追い払うみたいに、ひらひらと手を振ってみせる。

「そんなこと言われても、凄《すご》く困ってるみたいだし……放っておけないよ……」

「そういうのをお節介というんだ」

「知ってる」

八雲に指摘されるまでもなく、自覚している。ただ、頼まれると、どうしても「NO」と言えない。

本当に心配だというのもあるが、幼い頃に双子の姉を亡くしたことが関係しているところもある。

優しくて、何でもできた姉に対して、晴香は劣等感を抱き続けて来た。姉が死んだのは、そんな晴香の劣等感が、思わぬかたちで発露した結果だった。

誰もそんなことは言っていない。

それでも、姉でなく自分が死んだ方が良かったのではないか——と考えてしまう。

必要ないと言われるのが怖いのだ。

そうやって、トラブルに首を突っ込むクセに、自分では何もできずに、結局は八雲に頼ってしまう。

——何だか泣きたくなって来た。

「それで、何があった？」

しばらくの沈黙のあと、八雲がため息混じりに言った。

「え？」

「断わられたところで、どうせ勝手に喋《しゃべ》るつもりなんだろ——」

八雲は、退屈そうに頰杖《ほおづえ》を突く。

どういう風の吹き回しか知らないが、話を聞いてくれるらしい。

何だかんだ言いながら、八雲も困っている人を見て、放っておけない質《たち》なのだ。そういうところが、八雲の良さでもある。

「何をニヤニヤしている」

八雲に指摘され、晴香は慌てて緩んだ表情を引き締めた。

「ありがとう」

晴香が素直に口にすると、八雲は汚いものでも見つけたように、表情を歪《ゆが》める。

「気味が悪い」

「気味が悪いって……失礼だと思わない？」

「思ってないから言ってるんだ」

「ええ。そうでしたね」

晴香は、いーっと八雲を威嚇してみたが、当の本人はどこ吹く風だ。

言いたいことはたくさんあるが、ここで臍《へそ》を曲げられても厄介だ。

「それで？」

八雲が話を促す。

「実は……私も、詳しい事情は知らないの。だから、これから一緒に話を聞きに行って欲しいんだけど……」

「君は、内容も聞かずにトラブルを引き受けたのか？」

「ゴメン……」

それについては、反論の余地がない。

晴香が言うと、八雲は「やれやれ」と小さくため息を吐いた。

3

自席に腰掛けた石井雄太郎《いしいゆうたろう》は、じっくりと書類と向き合っていた――。

石井が所属する〈未解決事件特別捜査室〉は、刑事課の管轄にあり、未解決のままになっている事件の捜査――というのがその職務だ。

名称こそ立派だが、その実情は、担当者の変更や捜査本部の縮小などにより、滞ってしまった書類の処理がメインだ。

もちろん、書類整理も立派な仕事だということは認識しているが、そればかりだとさすがに気が滅入《めい》る。

不謹慎なことは分かっているが、それでも多少の刺激は求めてしまう。

ただし、できるだけセーフティーなものがいい。

以前の事件のように、ナイフを振り回す輩に立ち向かったり、幽霊に憑依《ひょうい》されたりするのはご免被りたい。

「とんこつに決まってるだろ!」

不意に聞こえて来た怒声に、石井はビクッと跳ね上がる。

視線を向けると、先輩刑事である後藤和利《ごとうかずとし》が、椅子を並べて気持ち良さそうに鼾《いびき》をかいていた。

どうやら、今のは寝言らしい。

デスクの上には、さっき石井が頼んだ書類が、未処理のまま放置されている。

後藤は頭を使うことよりも、動くことを信条にしている男だ。

石井は、情に溢《あふ》れ、男気に満ちた後藤の姿に、強い憧《あこが》れを抱いている。将来は、後藤のように豪放磊落《ごうほうらいらく》で、頼られる刑事になりたいと思っている。

だが——。

このところ、これといった事件がないせいか、登庁はするものの、ずっと眠ってばかりだ。

後藤が書類仕事を苦手としていることは承知しているし、普段役に立たない分、こういうところで挽回《ばんかい》しようという意志もある。

とはいえ、少しは手伝ってもらわないと、いつまで経っても仕事が進まない。

「後藤刑事——」

呼びかけてみたが、返事はない。

「後藤刑事」

今度は、その身体を揺さぶりながら声をかける。

「もう食えねぇよ」

後藤は、わけの分からないことを言いながら、石井の手を振り払った。

その拍子にバランスを崩して、椅子から転げ落ちた。

ドスンッともの凄い音がする。

「痛《い》ってぇ……」

後藤が、腰をさすりながら起き上がった。

「大丈夫ですか？」

石井が声をかけると、鬼のような形相で睨《にら》まれた。

「てめぇか？」

「はい？」

「おれを落としたのは、てめぇか？」

後藤が、ずいっと歩み寄る。

ただでさえ怖い顔をしているのに、間近で見ると、その迫力は倍増する。

石井は「ひっ！」と小さく悲鳴を上げて後退《あとじさ》る。

「答えろ。おれを突き落としたのはお前か？」

「いや、その……違うんです」

「何がだ？」

「ですから、別に突き落とそうとしたわけではなく、後藤刑事が勝手に落ちたと言いますか……」

「ごちゃごちゃ言ってんじゃねぇ！」

脳天に拳骨《げんこつ》が落ちた。あまりの衝撃に、目の前がチカチカする。

色々と弁明したいところではあるが、寝起きの後藤にいらぬことを言えば、余計に機嫌を損ねることになる。

拳骨一発で済んだだけ、良しとしよう。

石井がため息混じりに席に着いたところで、内線が鳴った。

受話器を取り上げ、〈未解決事件特別捜査室〉という部署名を名乗ったが、危うく噛《か》むところだった。

もっと、言いやすい名前にするか、ドラマみたいにスタイリッシュなものにして欲しいものだ。

〈宮川《みやがわ》だ〉

電話の向こうから聞こえて来たのは、刑事課の課長である宮川英也《ひでや》のものだった。

体格は小柄な方だが、坊主頭にいかつい顔立ちで、街で見かけたら、ヤの付く商売の方と勘違いしそうなくらいの強面《こわもて》だ。

しかし、ただ怖いだけではない。後藤に負けず劣らず、情に厚い人物でもある。

「お疲れさまです」

〈今、忙しいか？〉

整理しなければならない書類は、膨大にあるのだが、宮川からわざわざ連絡があるということは、何かの事件に違いない。

「大丈夫です」

返事をしながら、チラリと後藤に目をやると、眠そうに目を擦《こす》りながら、煙草に火を点《つ》けていた。

〈実は、お前らに担当してもらいたい一件がある〉

――やっぱりだ。

「何でしょう？」

久しぶりの事件に、ついついテンションが上がってしまう。

〈今から指定する住所まで行ってくれ〉

「何があったんですか？」

〈現場に、刑事が行っているから、そいつらから詳細を聞いて引き継いでくれ〉

「はあ……」

石井が困惑しながらも、返事をすると、宮川が早口に住所を伝えて来た。

近くにあったメモ用紙を引き寄せ、慌てて住所を書き込む。

〈じゃあ、任せたぞ〉

それだけ言うと、宮川は電話を切ってしまった。

うまく説明できないが、石井の胸の内に、なんともいえない嫌な感覚が広がっていく。

「誰からだ？」

後藤に声をかけられ、石井はビクッと飛び跳ねる。

「あ、いや、宮川課長からで、この場所に行って捜査担当を引き継ぐように――と」

石井が口にすると、後藤は表情を歪《ゆが》めて舌打ちをした。

「あの野郎、どうせ厄介ごとを押しつけようって腹だろ」

「どうでしょう？」

後藤と宮川は、付き合いが長いので、お互いに平然と憎まれ口を叩《たた》き合うが、石井の立場としては、一緒になって何かを言うわけにはいかない。

「まあ、どうせ暇してたんだ。面倒に付き合ってやるさ」

後藤は、投げ遣《や》りに言いながら、椅子の背もたれにかかったジャケットを摑《つか》んで、大股《おおまた》で部屋を出て行く。

石井も、慌ててあとを追いかける。

転んだ――。

4

土方真琴《ひじかたまこと》は、明政《めいせい》大学のラウンジのテーブル席に座っていた――。

A棟の正面玄関を入ってすぐのところにある場所だ。

天井は三階まで吹き抜けになっていて、大きな窓からは光が降り注ぎ、とても開放感がある。

窓の外に目をやると、レンガ造りの古い時計塔が見えた。明るい日射しの中にあるにもかかわらず、どこか不気味な印象が漂っている。行き来する学生たちは、活気に満ちていて、純粋で爽《さわ》やかな空気に満たされているようだった。

その光景を見ていると、自分も学生時代に戻ったような感覚に陥る。いい思い出ばかりではないが、それでも感慨深い。

「どういう人なんですか？」

真琴は、隣に座る岩田晋弘《いわたくにひろ》に声をかけた。

岩田は真琴の大学時代の先輩だ。つるんとした顔立ちで、ぼうっとした印象があるが、これでなかなかの切れ者だ。

「そうだね……見た目は普通の大学生だよ。だけど、ちょっと変わってる部分もあって……まあぼくがあれこれ説明するより、直接会ってもらった方がいいと思う」

岩田が聞き取るのに苦労するほどの早口で言う。

「もったいつけますね」

真琴が言うと、岩田は「ははっ」と乾いた笑い声を上げた。

まあ、岩田の意見も一理ある。これから取材する上で、事前に情報を得て先入観を抱くより、まっさらな状態で会った方がいいだろう。

出版社に勤務している岩田から、久しぶりに連絡があったのは、一週間ほど前のことだ。

ある作家を取材して欲しいという申し出だった。

真琴は新聞社の文化部に勤務している。いわゆる文化欄を担当しているのだが、週一回のペースで作家のインタビュー記事を掲載している。そこに、その作家を取り上げて欲しいということだった。

岩田から送られて来た作品を読んで、なかなか面白いと思い、取材させてもらうことにした。

著者が、まだ現役の大学生――というのも興味をそそられた一因だった。

岩田が段取りを付け、取材場所として指定されたのが、明政大学のラウンジというわけだ。

「こんにちは――」

声をかけられ、顔を向けると、そこには一人の青年が立っていた。

小柄な上に、丸顔の童顔で、中学生でも通りそうなくらいだが、黒目がちな目だけは、強い意志を感じさせた。

「どうも。桜井《さくらい》さん」

岩田が、満面の笑みを浮かべながら立ち上がる。

どうやら、目の前のこの青年が、作家の桜井樹《いつき》のようだ。

「初めまして。北東《ほくとう》新聞の土方です」

真琴は立ち上がり、名刺を差し出した。

「すみません。ぼく名刺を持っていなくて……」

樹が見た目の印象と違《たが》わず、涼やかな声で答える。

「いえ。お気になさらず。本日は、よろしくお願いします——」

「こちらこそ——」

簡単な挨拶《あいさつ》を済ませてから席に着いた。真琴と岩田が並んで座り、向かいに桜井という配置だ。

「まこっちゃん、これ書いたの女性だと思ってたでしょ」

岩田が、得意げに言いながらテーブルの上に置かれた、桜井の作品『時計塔の亡霊』をトントンと叩いた。

「ええ」

真琴は、素直に応じながら、岩田が作家の素性を話したがらなかった理由を理解した。おそらく、驚かせたかったのだろう。

その目論《もくろ》み通りに驚いた。『時計塔の亡霊』は、女性を主人公にして、「私」が語る一人称で描かれている。

思いがけずに人を殺してしまった主人公が、その罪の意識に苛《さいな》まれ、精神的に崩壊していく様が、日記調で生々しく描かれている。

これだけ情感豊かに、女性の心情を描いているのだから、書いたのは女性に違いない——と思い込んでいた。

男性でも、女性でも通りそうな、桜井樹という名も、真琴の勘違いに拍車をかけたのかもしれない。

「ぼくも、最初は女性だと思っていたんだけど、実際に会ってみて吃驚《びっくり》だよ」

岩田が楽しそうに笑った。

「そうですね」

「それにね……」

「せっかくなので、取材を始めてもいいですか？」

岩田の話が長引く前に、真琴は切り出した。

一旦《いったん》喋《しゃべ》り出すと、際限がなくなるのが、岩田の厄介なところだ。

まだ喋りたいらしく、不服そうに口を尖《とが》らせる岩田とは対照的に、桜井は「はい。もちろんです」と笑顔で応じた。

作風に反して、なかなかの好青年のようだ。

真琴は、桜井に許可を取ってからICレコーダーを取り出し、録音のボタンを押し、準備を整えて口を開いた。

「『時計塔の亡霊』とても面白かったです――」

「ありがとうございます」

レコーダーで録《と》られていることを意識してしまったのか、桜井の表情は、幾分緊張しているようだった。

まずは、それを解くことから始める必要がある。

「本当に一気読みでした。少しずつ日常が狂っていく様は、読んでいてはらはらしました」

「そう言ってもらえると嬉《うれ》しいです」

「しかも、設定も斬新《ざんしん》です」

「そうですか？」

「ええ。今までに、こういった作品を読んだことはありません――」

真琴が言うと、さすがに桜井は照れ臭そうに頭をかいた。さっきより、俄然《がぜん》、表情が柔らかくなった。

決して、大げさなリップサービスではない。

桜井の作品、『時計塔の亡霊』は、実に特異な作品世界を持っている。

主人公が目を覚まし、昨晩、自分が人を殺した――と自覚するところから物語は始まる。

その後、なぜ主人公が人を殺したのか？　その方法は？　といった具体的な描写が一切、描かれていないのだ。

それでも、日常が崩壊していく様が、情感豊かに描かれることで、読む者を惹《ひ》きつける。

「何だか照れます」

桜井が目を細めながら言った。

「描写も素晴らしいです。この作品が、初めて書いたものですか？」

ある程度、こちらのペースに巻き込んだところで、質問を投げかけた。

「いえ。ぼくは、文芸サークルに所属しているんです」

「文芸サークルですか。どんな活動をしているんですか？」

「普段は、芥川《あくたがわ》とか太宰《だざい》とか、好きな作家の話で盛り上がってるだけなんですけど、定期的に小説雑誌のようなものを発行しているんです」

「雑誌を作るなんて、結構、本格的ですね」

「雑誌——って言っちゃうと、ちょっと大げさですね。実際は冊子程度のものです——」

ただ遊んでいるだけのサークルが多い中で、形に残るものを作っているだけで、大したものだと思う。

「桜井さんの作品も、掲載されているんですか？」

「一応は……」

「読んでみたいですね」

真琴が口にすると、桜井は小さく首を振った。

「いや、とてもお見せできるようなものではありません」

「謙遜《けんそん》しなくてもいいですよ」

「そうではなくて、本当に酷《ひど》いんです」

「でも、これだけの作品を、書いているわけですから……」

真琴は、テーブルの上にある、『時計塔の亡霊』に目をやった。

「その作品は、ぼくが書いたものじゃないんです――」

桜井が、困惑した顔で言った。

「え？」

真琴は、驚きつつ隣にいる岩田に目を向けた。

岩田はすでに、そのことを知っていたらしく、表情一つ変えずに、涼しい顔をしている。

「今の言葉は、いったいどういう意味なのでしょうか？」

真琴は、慎重に言葉を選びながら訊《たず》ねた。

「言葉のままです」

桜井は、さも当然のように答える。

ますます混乱してしまう。

「この作品は、つまりは桜井さんが書いていない――ということですか？」

「ええ。その通りです」

――ゴーストライター？

真琴は、脳裡《のうり》に浮かんだ疑問を振り払った。

タレント本などで、ゴーストライターを使うことはあるが、それはあくまで、タレントのネームバリューがあって初めて成立することだ。

　どうも違和感があるように思える。

「盗作、あるいはゴーストライターがいたということですか？」

「そうです」

　桜井が大きく頷《うなず》いた。

　こうなると、取材の方向性が大きく異なってくる。

　再び隣に目をやる。岩田は、相変わらずの澄まし顔だ。この状況を楽しんでいるようにさえ思える。

　もし、桜井の言うように、他に作者がいたのだとしたら、担当編集がこうも平然としていられるはずがない。

「書いているのは、どなたなんですか？」

　真琴は気持ちを落ち着けるように、深呼吸をしてから訊ねた。

　桜井は、ふっと窓の外に見える時計塔に目を向けた。彼の顔から笑みが消えた。

「亡霊――です」

　しばらくの沈黙のあと、桜井は独り言のように言った。

「亡霊って、亡者の霊のことですか？」

　真琴が聞き返すと、桜井は再び笑顔に戻り「はい」と頷く。

——こういうタイプか。

真琴は、嘆息しながらも納得した。

亡霊が書いているというケースは初めてだが、「夢の中で見たことを文字にしている——」とか「執筆に入ると、別の誰かが頭の中に現われる——」といった話は、何度か耳にしている。

一般の感覚からしてみると、あり得ないことだし、実際にそうだということではない。書き手は執筆しているとき、トランス状態に陥っているので、感覚としてそういう風に思う瞬間がある——ということだ。

「亡霊とは、面白い感覚ですね」

真琴が言うと、桜井は大きく頭《かぶり》を振った。

「違います。感覚の話ではありません。本当に、亡霊が書いているんです」

「でも……」

「ほら、あそこに時計塔が見えるでしょ」

桜井が、窓の外の時計塔を指差した。

「ええ」

「あの時計塔に棲《す》んでいる亡霊が、ぼくにあの作品を書かせたんです——」

恍惚《こうこつ》に満ちた桜井の表情に、真琴は背筋が寒くなった。

5

晴香は、学食の窓際にあるテーブル席を陣取り、八雲と並んで座った——。

すでに昼食時は過ぎていることもあり、人の姿はまばらで、厨房《ちゅうぼう》も閑散としていた。

「何で、こっちが出向かなきゃならないんだ？」

八雲が、退屈そうに頰杖《ほおづえ》を突きながらぼやいた。

「たまにはいいじゃない」

晴香は、肩を竦《すく》めるようにして言った。

〈映画研究同好会〉の部屋に呼ぶことも考えたが、「いつわりの樹」の事件のとき、それをやって文句を言われた。

結局、八雲は何をしても難癖をつけるのだ。

八雲が再び、文句を口にしようとしたところで、学食に入ってくる女子学生の姿が見えた。

目当ての人物——小池花苗《こいけかなえ》だ。

「花苗——」

晴香が手を上げると、こちらに気付いた花苗が、ぱっと表情を明るくして駆け寄って来た。

顔立ちは綺麗《きれい》なのだが、肩まである髪は真っ黒で、薄化粧ということもあり、地味な印象がある。

性格も控え目で、あまり目立つ方ではない。

だが、それは他人に気を遣っているだけで、実際はもの凄《すご》くしっかりした考えを持った女性だ。

晴香は、花苗のそういうところに、好感を持っている。

「同じゼミの小池花苗さん。で、こっちが斉藤八雲君――」

晴香は、それぞれを紹介する。

花苗は「こんにちは――」と挨拶《あいさつ》するが、八雲の方はまったくの無反応だ。

困惑する花苗に「いつものことだから――」と声をかけつつ、向かいの椅子に座るように促した。

八雲は、相変わらず頬杖を突き、不機嫌そうな表情を浮かべている。

その態度のせいで、花苗が怯《おび》えてしまっている。とはいうものの、指摘などしようものなら、余計に空気が悪化しそうだ。

「それで、詳しく話を聞かせて欲しいんだけど……」

晴香が切り出すと、花苗が「うん」と頷き、八雲を気にしながらも口を開いた。

「あの時計塔にある噂って知ってる?」

花苗が窓の外に目をやった。

この位置からだと、他の校舎が邪魔になって、全容を確認することはできないが、塔の最上部だけは見える。

「噂？」

晴香は首を傾げた。

三年近く在学しているが、時計塔にまつわる噂は、これまで耳にした記憶がない。

「うん。時計塔の最上部の部屋には、大きな姿見があって、黄泉《よみ》の国に繋《つな》がっているんだって……」

「よみの国って？」

晴香が訊ねると、八雲がバカにしたようにふんっと鼻を鳴らして笑った。

「黄泉の国は、死者が住んでいると信じられている場所だ」

八雲の説明を聞いて思い出した。

イザナギとイザナミの伝承の中でも、死んだイザナミが住んでいる場所として、黄泉の国が登場した。

「それって、つまり死後の世界と繋がっているってこと？」

晴香が投げかけた質問に、花苗が「うん」と大きく頷いた。

「そんなことって、本当にあるの？」

驚きとともに口にすると、八雲の冷たい視線が飛んで来た。

「君は、本気で言ってるのか？」

「何よ」

「今どき、小学生だってそんな話は信じない」

まさに仰《おっしゃ》る通りなのだが、もっと優しい言い方がある。でも、そんなことを八雲に求めるのは無意味だ。

とはいえ、八雲の言いように、花苗が俯《うつむ》いて黙ってしまった。このままでは、話が進まない。

「噂の真相はともかく、続きを聞かせて」

晴香が先を促すと、花苗が小さく頷いてから口を開いた。

「時計塔の噂には、続きがあるの――」

そう言った花苗の目に、わずかだが陰が差したような気がした。

「続き？」

「うん。十一時五十五分に、その鏡の前に立つと、死んだ人にもう一度、会うことができるらしいの……だけど……」

そこまで言って、花苗は視線をテーブルの上に落とした。

「だけど何？」

晴香は訊《たず》ねてみたが、花苗は何も答えずに、ただじっと俯いている。

どれくらい時間が経ったのだろう。長い沈黙のあと、花苗はふっと顔を上げる。

「自分も、黄泉の国に連れていかれるんだって――」

そう言った花苗の目は、今までとは違い、何かに憑《つ》かれたような異様な光を宿していた。

晴香は、チラリと八雲に目を向けた。

戯言《たわごと》だ——と一笑に付すのかと思っていたが、意外にも八雲はじっと話に耳を傾けている。

花苗が口にした噂が、真実か否かは別にして、噂を聞いただけなら、わざわざ相談を持ちかけたりはしないはずだ。

「もしかして、花苗はその時計塔に行ったの？」

晴香が訊ねると、花苗は小さく頷《うなず》いた。

「二週間くらい前、それを確かめに行こうということになったの……」

花苗の声が、どんどん小さくなっていく。

「余計なことを——遊び半分で、そんな場所に行くから、トラブルに巻き込まれるんだ」

八雲の言葉には、嫌悪感が滲《にじ》み出ていた。

死者の魂が見える八雲からしてみれば、興味本位で心霊スポットのような場所に足を踏み入れる輩が、許せないのだ。

不穏な空気を察したのか、花苗が俯いてしまった。

「それで、花苗は一人で行ったの？」

このままでは、話が止まってしまう。晴香は強引に話を進めた。

「サークルの先輩と一緒に……」

花苗はか細い声で答える。

「それで、時計塔の上で何かを見たのね？」

晴香が訊ねると、花苗は俯いたまま首を左右に振った。

「私は何も見てないの。最初、怖くて中に入れなかったから……でも、一緒に行った西《にし》澤《ざわ》さんは、最上部まで行ったみたい」

「西澤さんっていうのが、一緒に行った先輩なの？」

「うん」

「そこで、西澤さんが幽霊を見たってこと？」

「塔の外で待っていたら、悲鳴が聞こえたの……」

「悲鳴？」

「うん。私、怖かったけど、西澤さんに何かあったんじゃないかって思って、時計塔の中に入ったの。階段を上って、最上部の部屋に行ったら……」

そこまで言った花苗が、苦しそうに唇を嚙《か》む。

「そこに西澤さんが倒れていたの……」

しばらくの沈黙のあと、花苗がポツリと言った。

「それで、西澤さんって人は、どうなったの？」

晴香は息を呑《の》み込みながら訊ねた。

「気を失っているみたいで、大丈夫ですか——って、何度も呼びかけたんだけど、最初は全然、反応が無かったの。でも、しばらくして目を覚ましたの」

「で、その先輩は幽霊を見たって言ってたのね？」

晴香が訊ねると、花苗は大きく頷いた。

花苗の肩が、微《かす》かに震えている。晴香は、そっと花苗の肩に手を置いた。

二週間前にそんな怖い体験をしていたのに、話を聞くまで、少しもそのことに気付いてやれなかった自分が、情けなく思えた。

「話には、まだ続きがあるんだろ——」

八雲が退屈そうにあくびをしながら言った。

花苗が、微かに顔を上げる。

「どういうこと？」

晴香が訊ねると、八雲は小さくため息を吐いた。

「どうもこうもない。話がここで終わりなら、ぼくらの出る幕はない」

確かにそうだ。今の話だと、ただ幽霊を見たというだけだ。怖いだろうが、それで終わりの話だ。

「あの夜からずっと、一緒に行った西澤さんの様子がおかしいんです——」

そう言った花苗の目には、うっすらと涙の膜が張っていた。

「おかしいって、どういう風に？」

晴香が訊ねると、花苗は、一度唇を噛んでから口を開いた。

「何を聞いても上の空で、食事もほとんど摂《と》ってないみたいで、元々痩《や》せているんですけど、どんどんやつれていってるんです……もしかしたら、このまま西澤さんは……」

花苗が震えを押さえつけるように、自分の胸に手を押し当てた。

時計塔について囁《ささや》かれる噂によれば、死者と再会した者は、自分も黄泉の国に連れていかれる——つまり、それは死を意味する。

花苗は、そのことを心配しているのだろう。

「ねぇ、八雲君。何とかしてあげようよ」

晴香が口にすると、八雲はこれみよがしに盛大なため息を吐いた——。

6

「まったく。面倒臭ぇな」

後藤は、ぼやきながら車の助手席で煙草を吹かしていた——。

運転席の石井が、「はぁ……」と気のない返事をする。

「だいたい、何の事件かも説明せずに呼び出すとは、どういう了見だ」

「す、すみません」

「だいたい、お前も、内容くらいちゃんと訊《き》いておけ」

「そう言われましても、現場で聞けと言われたもので……」

「言われたから――じゃねぇよ。少しは、自分で考えろ」

後藤は石井の頭をひっぱたいた。

「すみません」

石井がまた詫《わ》びる。

細面で、シルバーフレームのメガネをかけた横顔は、見るからにインテリ然としているのだが、石井はどうにも気が弱い。

自信を持って発言すればいいのに、他人を気遣って尻《しり》込む。

そういう姿を見ていると、なぜか苛々《いらいら》してしまうことがある。諭すことができればいいのだが、不器用な後藤は叱責《しっせき》してしまう。

自分などとコンビを組むより、他の奴と一緒にいた方が、石井のためになるのでは――と考えてしまうことが度々ある。

「どうやら、ここのようです」

柄にもない考えを巡らせているうちに、目的地に到着したらしく、石井が車を路肩に停車させた。

車を降りると、そこは峠道の入口近くにある交差点だった――。

この先をずっと上って行くと、八雲たちの通っている明政大学に辿《たど》り着く。

信号機の柱の前に、スーツ姿の男が二人立っているのが見えた。一人は長身で、がっちりした身体付きで、彫りの深い顔立ちをした男——篠田久夫《しのだひさお》だ。篠田とは、後藤が刑事課に所属していたときに一緒だった。年齢は後藤とたいして変わらない。

見た目が爽《さわ》やかで、ナイスミドルに見えるが、態度が横柄で、他人の失敗を喜び、上司に媚《こ》び諂《へつら》う。そういう類《たぐい》の男で、後藤とはウマが合わなかった。

もう一人の方は、話したことはないが、名前は確か小野寺《おのでら》だった。二十代後半の、小柄で色白の優男だった。

後藤は、二人に向かって歩み寄る。

「何だ後藤か。元気にやってるようじゃないか」

篠田が、後藤に気付いて声をかけて来た。

粘着質で厭《いや》みっぽい声だった。

色々と問題を起こし、〈未解決事件特別捜査室〉に追いやられた後藤を蔑《さげす》み、憐《あわ》れんでいるのだろう。

だが、後藤からしてみれば、少しも悔しくない。

「それだけが取り柄だからな」

「それは良かった。おれも、そっちに移りたいね。何せ、忙しくて寝る間もなくてね」

篠田が、にいっと厭みったらしい笑みを浮かべた。

とことんまでバカにしたいらしい。

「忙しくて何よりだ。その割りには、検挙率が低いじゃねぇか。サボってんのか？」

後藤が口にすると、一気に篠田の顔が引き攣《つ》った。

〈未解決事件特別捜査室〉は、閑職ではあるが、これまでに幾つもの事件を解決に導いて来た。

もちろん、後藤一人の力ではない。死者の魂を見ることができる、八雲の協力あってのことだが、それでも、実績を積み重ねているのは事実だ。

「お前は、そうやって他人の縄張りを荒らすから、左遷されるんだよ」

よほど気に障ったのか、篠田の口調が一気に荒くなった。

――単純な野郎だ。

「縄張り気にして、未解決事件を増やしてるんじゃ、世話ねぇな」

「何だと！」

「何だ？　やるってのか？」

取っ組み合いになる寸前で、石井が割って入った。

「後藤刑事、落ち着きましょう」

「うるせぇ。こいつが吹っかけて来たんだろうが」

「いや、しかし、ここで揉《も》めても何にもなりませんよ」

「んなことは、分かってる」

確かに石井の言う通りではある。こんなところで、プライドだけが取り柄の刑事と言い争っても、何も始まらない。とはいえ、振り上げた拳《こぶし》の行き場がない。

仕方ないので、石井の頭をひっぱたいておいた。

「何で私なんですか……」

石井が、今にも泣き出しそうな顔で言う。

何で——と言われても、むしゃくしゃしたからに他ならない。後藤は、ふんっと鼻を鳴らしてそっぽを向いた。

「それで、何があったんですか？」

石井が本題を切り出した。

篠田は、さっきのことを根に持っているのか、不機嫌な顔で腕組をしたまま、何も答えようとしない。

小野寺が、そんな篠田を見て苦笑いを浮かべつつも口を開いた。

「あれこれ説明するより、見てもらった方がいいですね——」

そう言って、小野寺は信号機の柱の辺りを指差した。

「何だこれは？」

後藤は、思わず声を上げた。

篠田とのいがみ合いで気付いていなかったが、酷《ひど》い有様だった。

そこには、大きな赤い染みができていた。まるで——血に染まったような状態だ。

「ひっ！」

石井が、驚きの声を上げながら飛退く。

後藤は「騒ぐな」と、石井の頭をひっぱたいてから、腰を屈めてじっくりと観察する。

「これは血か？」

後藤が訊《たず》ねると、小野寺が首を振った。

「さっき、鑑識から報告が来ました。油性の塗料のようです」

小野寺の説明を聞き、後藤は「なるほど——」と納得した。

おそらく、これを発見したとき、赤い染みが人間の血液であることを疑われたのだろう。事故の痕跡《こんせき》はないし、何かしらの事件の可能性があった。

だが、その染みが血液でなく、塗料だと分かった。そうなると、質《たち》の悪いイタズラといったところになる。

そこで、〈未解決事件特別捜査室〉に、厄介事を振ろうという腹なのだろう。

——ふざけやがって！

文句を言おうとしたが、そうする前に、篠田と小野寺は、さっさと現場を立ち去ってしまった。

7

時計塔の前で足を止めた晴香は、聳《そび》え建つその姿を見上げた――。

レンガ造りで、四角柱の塔の上には赤い三角の屋根が載っている。掲げられた時計は、十一時五十五分を指したところで止まっている。

いつもより、不気味に佇《たたず》んでいるように見えるのは、花苗の話を聞いたあとだからかもしれない。

「何をぼうっと突っ立ってる？」

今から、幽霊が出たという時計塔に向かおうとしているのに、八雲には緊張感がまるでない。

しかし、よくよく考えてみれば、八雲には日常的に幽霊が見えている。今さら、どうということはないのだろう。

そう思うのと同時に、ある疑問が浮かんだ。

「ねぇ。八雲君は、今までに時計塔に幽霊がいるのを見たことはないの？」

噂が真実なら、これまでに八雲が目にしていても不思議はない。

「無い――」

即答だった。

「じゃあ、幽霊がいるってのは、やっぱりただの噂ってこと？」

「君は、どこまでも短絡的だな――」

八雲が呆《あき》れたように首を振る。

「短絡的って……八雲君が見たことないなら、いないんじゃないの？」

「悪いが、ぼくは時計塔に上ったことはない」

大学のキャンパスはかなり広い。用が無ければ、卒業まで足を運ばない場所は多々ある。ましてや、時計塔の最上部であれば、偶々《たまたま》通り過ぎるということもない。

だけど――。

「窓があるよ」

晴香は、時計塔の最上部の側面にある窓を指差した。

あそこから、覗《のぞ》く人影くらいは、目にしていてもおかしくない。

「あの状態の窓では、何も見えない」

八雲が再び呆れたように言った。

確かに、晴香が指差した窓は、かなり汚れがこびりついていて、曇りガラスのような状態だった。

「そう言われれば、そうだよね……」

晴香が口にしている間に、八雲はさっさと時計塔に向かって歩き出した。晴香は、引き摺《ず》られるように、そのあとを追いかける。

時計塔の正面には、大きな木製の扉があった。観音開きの扉で、取っ手はかなり錆《さ》び付いていた。

八雲が取っ手に手を伸ばす。

今から、この中に入るのかと思うと、自然と緊張が高まり、手に汗が滲《にじ》んだ。

「何をしてるんですか?」

急に声をかけられ、晴香はビクッと飛び跳ねる。

振り返ると、そこには制服を着た、大学の警備員が立っていた。

二十代半ばくらいだろうか。警備員にしては意外と若い。頬がこけていて、げっそりと痩《や》せた男だった。

「ちょっと、中に入ってみようかと思って」

オロオロするばかりの晴香とは対照的に、八雲が平然と言う。

「そこは、前に事故があったから、立入禁止にしているんです」

警備員は、極めて事務的な口調で告げる。

「事故——ですか?」

「私も、最近来たばかりなので、詳しくは知りませんが、何でも女子学生が転落死したとか——」

警備員の言葉を聞き、晴香はドキリとした。

もしかしたら、時計塔に現われる幽霊というのは、その女性のことかもしれない。

「残念ですね。ちょっと探検したかったんですが……」

八雲が笑みを浮かべながら口にする。

「どのみち、そこは鍵《かぎ》がかかっていて、中には入れないですよ」

警備員の男は、それだけ告げると、踵《きびす》を返して歩いて行ってしまった。

過去に、この場所で転落死した女性がいる——という新たな情報を得たものの、鍵がかかっているのだとすると、中に入ることはできない。

「どうするの？」

晴香は、八雲に訊ねる。

「どうもこうもない。中に入る」

「でも、鍵がかかっているって……」

「忘れたのか？　君の友だちは、それでも中に入ったんだ」

そうだった。花苗は、時計塔の中には入ったのだ。でも、いったいどこから？

晴香が質問をする前に、八雲は時計塔を回り込むように歩いて行く。

わけが分からないながらも、晴香は八雲のあとを追いかける。

遠くから見たときは分からなかったが、間近で見ると、時計塔の側面の壁には、非常用と思われる梯子《はしご》が付いていた。

「もしかして、これを上るの？」

晴香が訊ねると、八雲は小さくため息を吐いた。

「そんな面倒なことはしない」

「じゃあ、どうするの？」

質問している間に、時計塔の裏手に到着した。そこには、片開きの小さな鉄製のドアがあった。

ドアの下には、チェーンと南京錠が落ちている。

誰かが、強引に開けたのかもしれない。おそらく、花苗たちも、ここから時計塔に入ったのだろう。

「行くぞ——」

八雲は、そう告げるとドアをゆっくりと開けた。

錆びた鉄の擦《こす》れ合う、嫌な音がする。

「本当に行くの？」

晴香のことなどお構い無しに、八雲は中に入って行く。

躊躇《ためら》いながらも、晴香もあとに続いた。

それと同時に噎《む》せ返った。

澱《よど》んだ空気に満ちていて、まるで別世界に入り込んだような錯覚に陥る。

ドア口から差し込む、わずかな光だけでは、ほとんど何も見えない。

「真っ暗だよ」

「言われなくても、分かってる」

八雲は、そう言いながらポケットからペンライトを取り出し、明かりを点《つ》けた。

あまりに心許《こころもと》ないが、ないよりはマシだ。

薄暗い中、階段が続いているのが見えた。

「気を付けろよ」

八雲が、振り返りながら言う。

無愛想な八雲が、気遣ってくれるのが嬉《うれ》しかった。

「あっ、うん」

返事をすると、八雲は階段を上り始めた。

晴香もそのあとに続く。

明かり窓などが一切なく、昼間だというのに、ペンライトの明かりが無ければ、自分の足許も見えないほどだ。

一歩、また一歩と、階段を上る度に、どんどんと息苦しさが増していくようだった。

「時計塔って、そもそも何で建てたの？」

晴香は、息を切らしながら頭にふと浮かんだ疑問を口にした。

「時間を見るために決まってるだろう」

八雲が、淡々とした調子で言った。

背中しか見ていないが、どうせバカにした表情をしているのだろう。

「そんなのは分かってるよ。わざわざ、塔にする必要はないんじゃないの？」

「この塔が建てられたのが、何年前か知っているか？」

訊《たず》ねているのは、晴香の方なのに、質問が返って来た。

「創立のときだって聞いてるけど……」

「そうだ。この大学が創立したのは、八十年ほど前だ。言っている意味は分かるか？」

「分からない」

「八十年前は、誰しもが時計を持っているわけではなかったんだ——」

「あっ！」

晴香にも、ようやく八雲の言わんとしていることが分かった。

今は、みなが当たり前のように、腕時計や携帯電話などで時間を確認できるが、昔はそうではなかった。

だから、遠くからでも見えるように、高い位置に時計を設置したのだ。

「知らず知らずのうちに、遠くを見なくなっちゃったって、何だか哀しいね……」

晴香が口にすると、八雲がピタリと足を止めた。

「珍しく、哲学的なことを言うじゃないか」

振り返った八雲の顔には、明らかな蔑《さげす》みの表情が張り付いていた。

「別にそんなんじゃ……」

臭いことを言ったみたいで、妙に恥ずかしくなり、俯《うつむ》いてしまった。

そうしている間に、八雲はどんどんと階段を上って行ってしまう。

晴香は「もう」とため息を吐きつつも、八雲の背中を追いかけて階段を上った。

やがて、階段は終わりを迎え、最上部の部屋に到着した。

四角い部屋の三面に窓があって、それなりに明るい。見上げると、梁《はり》が剝《む》き出しになった天井があり、豆電球がぶら下がっていた。

部屋の隅には、机や椅子、それに用途の分からないガラクタが積み重なっていた。

「何か、拍子抜けしちゃった」

晴香が言うと、八雲が不機嫌そうな顔を向ける。

「拍子抜け？」

「だって……幽霊が出たって言うから、もっと怖いところかと思って……」

「君の怖い——の基準は何だ？」

「基準って……まあ、暗くて、じめじめしているというか……とにかく、そういう雰囲気だよ」

晴香が説明すると、八雲が、ギロリと睨んできた。

「君は、幽霊を何だと思ってる？」

「何って、死んだ人……」

「そうだ。死んだ人の魂だ。つまり、幽霊はモンスターではない」

そこまで聞いて、晴香にも、ようやく八雲が何を嫌悪しているのかが分かった。

幽霊が、暗くてじめじめしたところに出ると決めつけるのは、幽霊を化け物のように扱っているのと同じだ。

死者の魂を見ることができる八雲は、幽霊のことを化け物として扱ってはいない。

生者と死者の違いはあるが、どちらも人である――というのが八雲の考え方だ。偏見にも近い発言をしてしまった自分を恥じる。

「ごめん……」

晴香が素直に口にしたものの、八雲は返事をすることなく、窓のない壁に立てかけられた姿見に目を向けた。

縁に蔦《つた》が這《は》うような装飾が施された、古い鏡だった。

埃《ほこり》と汚れがこびりついていて、鏡に映る自分たちの姿は、まるで靄《もや》の中にいるようだった。

「これが、黄泉《よみ》の国に通じる鏡――」

晴香が口にすると、八雲はこれみよがしにため息を吐いた。

「君は、まだあんな戯言《たわごと》を信じているのか？」

「そういうわけじゃないけど、何だか不気味だな……って思って……」

別に信じているわけではないが、これだけ異様な雰囲気だと、黄泉の国に通じるという噂が立つのも頷《うなず》ける。

「古来、鏡は、映るのではなく、向こう側に世界があると考えられて来たんだ」

「そうなんだ」

「だから、祭壇に捧《ささ》げられたり、儀式に使用されたりしてきた。今回のように、黄泉の国へと繋《つな》がっている――といった類《たぐい》の噂は、数千年も前から囁《ささや》かれていたことだ」

「へぇ」

感心しながら改めて鏡に目を向ける。

八雲の話を聞いたあとだと、さっきまでと違い、神々しく感じられるから不思議だ。

「それで、何か見えた？」

晴香はじっと鏡を見つめている八雲に訊ねた。

「いいや。何も……」

「じゃあ、ここには、幽霊はいないってこと？」

「どうして君は結論を急ぐ？」

「でも……」

「あくまで、今は何も見えないだけだ。時間帯が違えば、また変わるのかもしれない」

「そうだったね」

八雲の言う通りだ。

幽霊も、ずっと同じ場所にいるわけではない。

「それに――様子が変わったという学生に、憑依《ひょうい》している可能性もある」

八雲の言葉を聞き、背筋がゾクッとした。

もし、そうだとしたら、早く何とかしないと、花苗の懸念している通り、その学生が大変なことになってしまう。

晴香がそのことを伝えると、八雲はガリガリと苛立《いらだ》たしげに髪をかき回した。

「まずは、その男に会ってみる必要があるな——」

「そうだね」

「ぼくの部屋に連れて来てくれ」

八雲は端的に言うと、階段に向かって歩き出した。

花苗ともう一度話せば、その学生を八雲の許に連れて行くのは可能だろう。だが——。

「八雲君は、どうするの？」

回りくどいことをしないで、八雲が一緒に足を運べば済む話だ。

「ぼくは、別の角度から調べる」

「別の？」

「ああ。もし、本当にここに幽霊がいたとしたなら、おそらくは……」

八雲は、振り返りながら改めて鏡に目を向けた。

一瞬ではあるが、鏡の中で黒い影のようなものが動いた気がした——。

8

「いったい、誰がこんなことをしたんでしょうね……」

石井は、飛び散った赤いペンキを見ながら、ポツリと呟《つぶや》いた。

陽が暮れて来たこともあり、信号機の柱に撒《ま》かれた赤いペンキは、不気味な色彩を放っているようだった。

道行く車は、その染みに気付いていないのか、あるいは気付きながらも無視しているのか——次々と走り去って行く。

「どっかの誰かだろ」

後藤の口調は投げ遣《や》りだった。事件に対して、興味を失っているらしい。

ジャケットのポケットから煙草を取り出し、ケースの中から一本抜き出した。

「路上禁煙地区ですよ」

石井が言うと、後藤は「分かってるよ——」と舌打ち混じりに言いながら、火の点《つ》いていない煙草をくわえた。

「何のために、こんなことをしたのでしょう？」

石井は、信号機の柱に撒かれた赤いペンキの痕《あと》をじっと見つめる。

スプレーで絵や文字を描くという話はよく聞くが、こんな風にただペンキをぶちまけることに、いったい何の意味があるのだろう？

いくら考えてみても、その理由は思い浮かばなかった。

「これって……」

言いかけた石井の言葉を遮るように、後藤の携帯電話が鳴った——。

「誰だ？」

後藤は、携帯電話の表示画面も確認せずに電話に出た。

特に機嫌が悪いわけではなく、これがいつもの後藤の電話応対だ。

「あん？　うるせぇな！　お前だって他人のこと言えないだろうが！」

声の感じからして、どうやら相手は斉藤八雲のようだ。

ああやっていがみ合いながらも、何だかんだで信頼し合っているのだから不思議だ。

石井は、ふと横断歩道に目を向ける。

そこには、いつの間にか一人の女性が立っていた。

こちらに背中を向けているので、その顔は分からないが、ほっそりとして、身長の高い女性だった。

彼女は、横断歩道を渡るわけでもなく、ただそこに呆然《ぼうぜん》と立ち尽くしていた。

——何をしているんだろう？

石井が疑問に思っている間に、信号が青から黄色に変わった。

それでも、女性は動こうとしない。急いで渡らないと、信号が変わってしまう。

「危ないですよ」

石井は、女性に声をかける。

まるで石井の声が聞こえていないかのように、女性はピクリとも動かない。

信号が赤に変わった。

間もなく、交差する道路の信号が青に変わる。

信号で停車している車はないが、あんなところに立っていては、いつ轢《ひ》かれてもおかしくない。

「早く渡って下さい！」

石井は、さらに声を張る。

それでも、女性は動こうとしない。

――なぜだ？

石井は、疑問と焦りを抱えてやきもきしながら、左右に首を振り道路を確認する。

大型のトラックが走って来るのが見えた。

横断歩道の上に立つ女性に気付いていないのか、トラックは速度を落とすことなく、どんどん近付いて来る。

――危ない！

石井は、半ば反射的に道路に立つ女性に向かって駆け出していた。

女性の腕を摑《つか》み、そのまま強引に横断歩道を渡らせるつもりだった。ところが――。

伸ばした石井の手は、女性の身体をするりとすり抜けてしまった。

「えっ？」

気付いたときには、さっきまでいたはずの女性の姿が、忽然《こつぜん》と消えてしまっていた。

――いったいどういうことだ？

困惑している石井の耳に、クラクションの音が飛び込んで来た。

はっと顔を上げると、すぐそこにトラックが迫っていた。

「ひぃぃ！」

石井は、悲鳴を上げながら駆け出した。

あまりに慌てたせいで、足がからまり前のめりに倒れ、ゴロゴロとアスファルトの上を転がる。

急ブレーキと、タイヤが地面を擦る音が響き渡る。

——死ぬ！

石井は、はっきりとそれを意識した。

何がどうなったのかは分からないが、気付いたときには、石井は道路の隅で蹲《うずくま》っていた。

「バカ野郎！　何やってんだ！」

トラックの運転手が、石井に怒声を投げつけたあと、走り去って行った。

石井は、半ば放心状態で、遠ざかっていくトラックを見送った。

いったい何だったのだろう？　横断歩道には、確かに女の人が立っていたはずなのに、忽然と姿を消してしまった。あれは幻だったのだろうか？

石井の疑問に答えるように、ふっと耳に生暖かい息がかかった。

ゾクッと背筋を震わせながら振り返る。

そこには――。

さっきの女の人が立っていた。

「いっ……」

石井は、恐怖のあまり息を詰まらせる。

後ろ姿を見たときは、分からなかった。だが――。

彼女の顔は、右半分が潰《つぶ》れたようになっていて、おびただしい量の血が流れ出していた。

ひた、ひた、ひた――。

と、顎《あご》先から赤黒い血が滴り落ちる。

〈…………〉

女性が、くぐもった声で何かを言った。

傷だらけのCDを再生したときのように、途切れ途切れで、何を言っているのかさっぱり分からない。

それでも、そこに込められた想いは伝わってきた。

「うわぁ！」

石井は両手で耳を塞《ふさ》ぎ、固く目を閉じ、力の限り叫んだ。

そうしていないと、目の前にいる女性が孕《はら》む、深い闇の中に呑《の》み込まれてしまいそうな気がした。

ゴンッ——。

突然、石井の脳天に鈍い痛みが走った。

「痛っ！」

目を開けると、すぐ目の前に後藤が立っていた。

「あれ？　後藤刑事……」

「あれ——じゃねぇよ！」

後藤が、石井の脳天に再び拳骨《げんこつ》を落とす。

「あの、その……」

「まったく。何やってんだ。急に道路に飛び出しやがって。危なく、轢き殺されるところだったんだぞ」

「いや、違うんです。さっきまで、ここに女性が……」

「誰もいねぇだろ！」

またも拳骨とともに遮られた。

石井は、慌てて辺りを見回した。後藤の言う通り、人の姿は見当たらなかった。

「でも、確かに……」

「わけの分からないこと言ってんじゃねぇ！」

後藤は、舌打ち混じりに言う。

そんなはずはない。確かに、石井は見たのだ。あれは、もしかして——。

「そんなことより行くぞ」

後藤は、そう声をかけるとさっさと歩き出した。

「行くってどこにですか？」

石井は、慌てて後藤のあとを追いかける。

「八雲からの依頼だよ」

「八雲氏から――ですか？」

八雲から依頼ということは、心霊がらみの事件が発生している――ということだろう。

「またいつもの、死んだ人間がいないか調べろってやつだ」

「それはいいのですが、ここはどうします？」

「あとだ、あと――」

ハエでも追い払うように、手を振りながら後藤は歩き去っていった。

「でも……」

石井は躊躇《ためら》い、足を止めたものの、さっきの女性のことが頭を過《よ》ぎる。

ここに一人で取り残されるのは、絶対に嫌だ。

「待って下さい！」

石井は、慌てて後藤のあとを追いかけた。

――転んだ。

9

「こんにちは——」

真琴は、〈映画研究同好会〉の部屋を訪れた——。

事前にアポイントメントを取っていたので、目当ての人物は定位置の椅子に座っていた。

「どうも」

八雲は、真琴に軽く会釈をしてきた。

端整な顔立ちだが、いつも寝起きのような表情をしている。飄々《ひょうひょう》とした態度で、何を考えているのか摑み難《にく》い。

真琴が足を運ぶときは、たいがいこの部屋には晴香や後藤、石井などが顔を揃えていることが多い。

こうやって、八雲と一対一になると、妙に緊張してしまう。

「突然、すみません……」

真琴はそう口にした。

八雲と出会ったのは、ある事件がきっかけだった。

その事件で、真琴は幽霊に憑依《ひょうい》されるという特異な体験をした。下手をしたら、死ぬかもしれない――という状況だったが、それを救ってくれたのが八雲だった。

それ以来、八雲が行う調査を手伝ったり、心霊現象の相談に乗ってもらったりと、色々とかかわりがある。

「どうぞ、座って下さい」

八雲に促され、真琴は彼の向かいにある椅子に腰かけた。

「ちょっと、意見を伺いたいと思いまして」

「他ならぬ真琴さんの頼みです。ぼくで良ければ、いくらでも話を聞きますよ」

八雲は、丁寧な口調で言った。

淡々とした口調なので、それが本心なのか否か、判断がつかない。とはいえ、このまま黙って帰るのは、どうにも居心地が悪い。

真琴は「実は――」と話を切り出した。

「ついさっきなんですけど、ある作家の取材をしたんです」

「そうですか」

「まだ新人で、一冊しか本を出していないので、知らないかもしれませんが、桜井樹という作家です」

真琴が言うと、八雲はおもむろに席を立ち、部屋の隅に移動して、冷蔵庫の上に置いてある本を手に取って戻って来た。

「これですね――」

八雲がテーブルの上に置いた本は、まさに桜井樹が書いた『時計塔の亡霊』だった——。

すでに読んでいるなら話が早い。

「読んで、どう思いましたか？」

真琴が訊《たず》ねると、八雲は難しい顔をした。

「ぼくの感想が、何か関係があるんですか？」

直接は関係ない。今回、真琴が相談しようとしているのは、この作品の著者にまつわることだ。

先入観を持つ前に、どう感じたのか知りたい気持ちがあった。

真琴が、そのことを素直に伝えると、八雲は少し考えた素振りを見せたあと、「あくまで私見ですが——」と前置きをしてから口を開いた。

「発想はとても面白いですし、粗はあるものの、文章も繊細で引き込まれます。ですが……」

「何です？」

真琴は、わずかに身を乗り出した。

「何かが引っかかります」

「何かとは？」

「それが、上手く説明できなくて、もう一度読み返しているんです」

八雲がわずかに首を振った。

実を言うと、真琴の感想も似たようなものだ。心に引っかかる何か――インタビューすることで、その謎が解けるかと思ったが、新たな難題を抱えることになった。

「それで――この小説が、どうしたのですか？」

八雲が訊ねて来た。

本題は、小説の感想を議論し合うことではない。真琴は、気を取り直してから口を開いた。

「この小説の著者は、この大学の学生です。文芸サークルに所属している四年生です」

「そうでしたか……」

八雲が本を開き、カバーの折り返しに記載されている、著者プロフィールの欄に目を向けた。

「キャンパス内で、噂とかにはなっていませんでしたか？」

「昨今、本に興味がある人なんて、ほとんどいないですからね。自分から宣伝して歩かない限り、噂にもなりませんよ」

「そうですね……」

八雲の指摘の通り、近頃の若者の多くが本に興味を示さないのは、純然たる事実だ。

それに、大学は学生の人数こそ多いが、同じゼミやサークルでもない限り、ほぼ赤の他人で、街を歩いている人と大差ない。

八雲が言うように、自分から口に出さない限り、周囲の人間が気付くことはないだろう。

「それで、その作家がどうしたんですか？」

八雲が訊ねて来る。

「インタビューをする中で、奇妙なことを言っていたんです」

「奇妙？」

「はい。作品は、自分が書いたのではなく、亡霊に書かされたのだ――と」

「亡霊――ですか」

「ええ」

「パフォーマンスじゃないんですか？」

八雲が、ガリガリと髪をかき回しながら言った。

「私も、最初は同じ感想を持ちました。ですが……」

「何です？」

「少し、引っかかることがあるんです」

「引っかかる？」

「私は、この作品を女性が書いたと思っていました。でも……」

「実際は男性だった」

八雲が、真琴の言葉を繋《つな》いだ。

「はい」

作家の中には、男性でありながら、女性と見紛うほどの感性で描く作家もいるし、その逆もある。

だが、それでも実際は男性が書いたのだと言われれば、納得できる部分がある。感覚なので、上手く言葉にできないが、その部分がこの作品については納得できず、どうしても引っかかってしまったのだ。

「真琴さんは、もしかして今回の一件に関して、すでに仮説を立てているのではないですか？」

八雲が切れ長の目を、すっと細めながら言った。

さすがの洞察力と観察眼だ。八雲の前では、おいそれと隠しごとはできない。

桜井の話を聞いてから、真琴の頭の中にはある推論が浮かんでいた。あまりに突拍子もないものであるはずなのに、どうしてもその考えが頭から離れなかった。

「本当に、亡霊によって書かれた——ということはあり得ませんか？」

真琴は思いきって質問を投げかけた。

八雲に意見を聞きたかったのは、まさにそのことだ。

亡霊に書かされたという、彼の話を何の根拠もなくそのまま記事にするわけにはいかない。

「つまり、真琴さんは、幽霊が桜井氏に憑依し、作品を書かせた——そう考えているんですね」

八雲の言葉に、真琴は大きく頷《うなず》いた。

荒唐無稽《こうとうむけい》なのは重々承知している。それでも、こんなことを口にするのは、桜井が嘘を言っているようには見えなかったからかもしれない。

八雲は、腕組をして俯《うつむ》く。

別に興味を失ったわけではない。思考を巡らせているのだろう。

真琴は、じっと息を殺して八雲の答えを待つ。

おそらく、この推論の答えを導き出せるのは、実際に死者の魂を見ることができる八雲だけだ。

「可能性としては、否定できません——」

長い沈黙の後、八雲がポツリと言った。

「本当に、そんなことが……」

自分で口にしておきながら、真琴は驚きが隠せなかった。

「あくまで、可能性の話です。ぼくも、実例を見たわけではないので、何とも判断できないですが、憑依されているとき、死者の魂の記憶や感覚が、流れ込んで来ることがあります。その延長線上で考えれば、あり得なくはないです」

八雲の説明を聞き、真琴にも心当たりがあった。

かつて、真琴も幽霊に憑依《ひょうい》された経験がある。そのとき、幽霊の記憶というか、感覚を共有するという経験をしている。

「じゃあ、やっぱり……」

「何にしても、結論を出すには時期尚早です。本当に確かめるためには、桜井氏本人に会ってみる必要がありますね」

「お願いできますか？」

真琴が身を乗り出すようにして口にすると、八雲は苦笑いを浮かべながらも「構いません」と応じてくれた。

「ありがとうございます」

「ただし、会う前にもう少し確証が欲しいです」

「確証？」

「はい。桜井さんは、文芸サークルに所属していたんですよね。過去の作品があれば、読んでみたいです」

八雲の言葉を聞いて、なるほど――と納得する。

過去の作品を読んでみることで、色々と分かってくることもあるだろう。

「それと、彼自身の変化――ですね」

確かに、桜井が憑依されているのであれば、普段の生活において、何かしらの変化が現われているはずだ。

会う前に、そういった情報を整理しておくのは有効だろう。

「分かりました。色々と当たってみます——」

立ち上がった真琴を、八雲が呼び止める。

「桜井氏は、自分に作品を書かせている幽霊の姿を見たと言っていましたか？」

「そこは、はっきりとしません。ただ、この大学の時計塔に棲《す》んでいる亡霊に書かされた——と」

真琴が言うと、八雲の表情が一気に険しくなった。

「また、時計塔の亡霊か……」

八雲が、低い声で呟《つぶや》いた。

10

晴香は、さっきと同じ学食の窓際の席に座り、夕闇に沈みかけた時計塔を眺めていた——。

ただ、ぼうっと時間を過ごしているわけではない。

八雲と別れたあと、花苗と連絡を取った。時計塔に上り、亡霊に憑依された疑いのある、西澤を連れて来てもらうことになっている。

これまでのところ、大きな事件には発展していないものの、晴香は妙な胸騒ぎを感じていた。

なぜ、そう感じるのか——言葉では説明できない。

胸の奥が、ざわざわと揺れる、嫌な感覚につきまとわれている。

「晴香——」

声をかけられ、顔を上げると、花苗が立っていた。

隣には、一人の青年を連れている。おそらく、彼が西澤だろう。

げっそりと頰がこけ、痩《や》せ過ぎな印象がある。目が若干充血していて、隈《くま》もできているようだ。

顔色も悪く、病的に見える。花苗が心配するのも頷ける。

「こちらは、小沢晴香さん。西澤保伸《やすのぶ》先輩——」

花苗が、簡潔にお互いを紹介したあと、西澤を促すように、晴香の向かいの席に並んで座った。

「で、話って何？」

西澤は、眉間《みけん》に皺《しわ》を寄せ、怪訝《けげん》な表情を浮かべながら言った。

その一言で、空気が張り詰めた。

「あの……晴香の知り合いに、幽霊とかに詳しい人がいて、それで……西澤さんのことを視てもらおうと……」

「まだ、そんなこと言ってるの？　花苗ちゃん、ちょっと変だよ」

西澤が、花苗の言葉を遮った。

「え？」

思わぬ展開に、晴香は戸惑ってしまう。

どうやら、花苗は西澤に詳しく事情を説明せずに、この場に連れて来たようだ。

「ゴメンなさい……」

花苗が頭《こうべ》を垂れ、掠《かす》れた声で言った。

どちらに対する謝罪なのかは分からないが、気の毒なくらいに意気消沈していた。

「何だか、時間を取らせちゃってゴメンね。花苗ちゃんは、噂を信じて、心配し過ぎてるだけなんだ」

しばらくの沈黙のあと、西澤が困ったように首の後ろを掻《か》きながら言った。

「あの……どういうことなんですか？」

晴香が訊《たず》ねると、西澤はため息を吐きながらも口を開いた。

「花苗ちゃんと、時計塔に上ったんだ。そのときに、幽霊っぽいものを見たのは確かなんだけど、それだけなんだよね」

「え？」

「でも、花苗ちゃん、妙に心配しちゃって、おれに幽霊がとり憑《つ》いているって思い込んでるみたいでさ……」

「そうだったんですか……」

何だか、話の雲行きが怪しくなって来た。

「そもそも、おれに幽霊がとり憑いているように見える？」

西澤が両手を広げながら言った。

少し痩せ過ぎな印象はあるが、喋《しゃべ》っているのを見る限り、西澤が幽霊に憑依されているようには見えない。

八雲のように、幽霊が見えるわけではないので、はっきりしたことは言えないが、それでも、これまで幽霊に憑依された人を、何人も目にして来た。そういった経験と照らし合わせると、少し違うような気がする。

「そうですね」

晴香が頷くと、花苗が「でも……」と顔を上げた。

「嫌な予感がするんです。もの凄《すご》く、大変なことが起きる気が……」

「考え過ぎだって」

西澤は、半ば呆《あき》れながらも口にする。

「私もそう思いたいです。でも、きっと……」

「もういいって。本当に何もないよ。そもそも、おれが見たのも、幽霊っぽいってだけで、はっきり見たわけじゃないから……」

「でも、気を失ってたじゃないですか」

「そうだけど……そのあと、何ともないだろ？」

西澤は、ケロッとしている。

花苗を庇《かば》いたいところだが、本人が何も無いと言っているのだから、これ以上、追及するのは、お節介が過ぎるような気がする。晴香が言えた義理ではないが――。

「分かりました。わざわざありがとうございます」

晴香は、西澤に丁寧に頭を下げた。

これ以上、やり取りを続けていても、キリがないと判断したからだ。

「いえいえ。何か、心配させちゃったみたいでゴメンね――」

西澤は、明るく言うと席を立った。

そのまま立ち去りかけた西澤だったが、すぐに何かを思い出したらしく、舞い戻って来た。

「もし、何か分かったら、おれにも教えてね。興味はあるから――」

それだけ言い残すと、西澤は今度こそ立ち去った。

「ゴメンね……」

花苗が掠れた声で言った。

別に謝ることではない。花苗は、嘘を言ったわけではないし、噂話を信じて、心配する気持ちは分からないでもない。

ただ、張本人である西澤に自覚症状はなく、助けを必要としていないのであれば、これ以上は何もできない。

「いいの。それより、せっかく学食にいるんだし、何か食べてこうか」

晴香が気分を切り替えるように言うと、花苗が微《かす》かに笑った。

花苗は、普段あまり表情を見せない。そのせいか、こうやってときどき見せる笑顔が、とても可愛らしく見える。

それから、二人でサンドイッチを買い、早めの夕食となった。

「ねえ。晴香が連れて来た人――」

「ああ。八雲君？」

「晴香って、彼のこと好きなんでしょ？」

急に言われて、食べていたサンドイッチを危うく噴き出しそうになった。

「違う、違う。そういうんじゃないよ」

必死に否定する晴香を見て、花苗が楽しそうに笑っていた――。

11

真琴は、明政大学のA棟の五階にある、研究室のドアの前に立った――。

ドアをノックすると「はい」と中から男性の声が返って来た。

「失礼します――」

真琴は、ドアを開けて部屋に入った。

四畳ほどの狭いスペースに、書棚とデスクが置かれているだけの簡素な部屋だった。

デスクに座っていた男が、顔を上げる。

年齢は四十くらいだろうか。面長ではあるが、彫りが深く、整った顔立ちをした人物だった。日本文学を研究している准教授、恩田秀介《おんだしゅうすけ》だ。

「誰かと思えば、土方真琴さんじゃないですか――」

恩田は、目を細めて人懐こい笑みを浮かべた。

「覚えていて下さったんですか？」

真琴は、驚きとともに口にした。

八雲の部屋を出たあと、教務課に足を運び、文芸サークルについて色々と調べてみた。担当顧問の欄に、恩田の名前を見つけたときは驚いた。

真琴が大学生だった頃、真琴は恩田のゼミに所属していたのだ。思いがけない巡り合わせだ。

懐かしさも手伝い、早速足を運んだというわけだ。

「もちろんだよ。土方さんは、とても優秀だったからね」

「お世辞を言っても、何も出ませんよ」

「バレたか」

恩田は声を上げて笑った。

変わらぬその姿を見て、真琴はほっと胸を撫《な》で下ろした。

顔を合わせるのは卒業式以来だが、真琴がまだ新聞社の新人だった頃、ニュースで恩田の名前を目にしていた。

痛ましい記憶が蘇《よみがえ》るが、真琴はそれを振り払った。

「先生は、いつからこの大学に？」

かつて恩田が教鞭《きょうべん》を執っていたのは、明政大学ではなかった。

「そうだな……二年くらい前になるかな。色々とあったからね」

「そうでしたか……」

納得しつつも、気分がずんっと重くなるような気がした。

「それで、今日はどうしたんだ？　わざわざ懐かしむためだけに、足を運ぶようなタイプではないだろう」

「私だって、懐かしむことくらいあります」

真琴が反論すると、恩田は小さく笑った。

「意地っ張りなところは、変わっていないようだね」

「先生は、私のことをそんな風に見ていたんですか？」

「違ったのか？」

そう言って、恩田は再び笑った。

こういう人懐こいところが、恩田が学生から人気を集めた要因でもある。

「白状します。実は、先生が文芸サークルの顧問をしていらっしゃると聞きました——

——」

真琴が言うと、恩田は全てに納得したように頷《うなず》いてみせた。

「桜井君のことだね」

「ご存じでしたか」

「それは、そうだよ。自分の受け持つサークルの学生が、作家としてデビューしたんだ。しかも在学中にね」

そう言って恩田は目を細めた。

大学は学生の数が多いこともあり、教員と学生とのかかわりは、どうしても薄くなりがちだ。

そんな中でも恩田は、よく学生のことを見ている教員だった。

真琴が就職先で悩んでいたときも、恩田の方から「困っていることがあるんじゃないか？」と声をかけてくれた。

あのとき、恩田の後押しがなければ、真琴は、今こうして新聞社にいないと思う。

感傷に引き摺《ず》られる気持ちを振り払い、真琴は改めて恩田に目を向けた。

「実は、さっき桜井さんに取材をして来たんです」

「そうだったのか。素直で、真面目な学生だよ。サークル活動にも熱心だしね」

恩田はそう言って笑みを浮かべる。

「作品の執筆について、相談を受けたりはしましたか？」

「いいや。サークルは、自主性に任せていることが多いからね。私らが口出しするようなことは、あまりないね」

「そうですよね……」

恩田の言う通り、サークルの顧問とは名ばかりで、かかわるのは必要書類があったときに、判子を捺《お》したりする程度だ。

「彼が、どうかしたのか？」

恩田の方から、質問を投げかけて来た。

「いえ、別に大したことではないんですけど……ちょっと奇妙なことを言っていまして……」

「奇妙？」

「はい。デビュー作である『時計塔の亡霊』は、自分で書いたのではなく、時計塔に棲《す》んでいる亡霊に書かされたのだ――と」

真琴が説明すると、恩田はふっと噴き出すようにして笑った。

「それはまた、妙なことを言い出したものだね」

「そうなんです」

「でも、そんなことを真に受ける必要はないんじゃないか。目立ちたい願望みたいなものだろうからね」

「そうかもしれませんね」

真琴は同意の言葉を口にしつつも、やはり納得はしていなかった。

さっき、八雲から聞いた心霊現象のことが引っかかっているからかもしれない。

「それにしても、土方君は、すっかり新聞記者だね――」

しばらくの沈黙のあと、恩田がポツリと言った。

「どういうことです？」

「私の専門は、日本文学だ。作品そのものの文学性を追究してしまうのだが、土方君は、誰がどういう経緯で書いたものかを気にしている」

「そう言われれば、そうですね」

真琴は苦笑いとともに答えた。

純粋に小説を楽しみ、その素晴らしさを伝えればいいのに、いつの間にか事件を追いかけるような動きになってしまった。

「もし、気になるなら、桜井君の過去の作品を読んでみるかい？」

「あるんですか？」

「うちのサークルでは、四半期毎に小説雑誌を発行しているんだ。雑誌といっても、実情は冊子のようなものだけどね――」

恩田は、そう言いながら立ち上がり、書棚から何冊かの冊子を取り出した。差し出されたその冊子の表紙には「時計塔」と書かれていた。

「これって……」

「冊子のタイトルだよ」

「なぜ、時計塔なんですか?」

「私が赴任する前だが、サークルの部室が時計塔の最上部にあったらしい」

「そうだったんですか?」

真琴は、驚きとともに口にした。

「ああ。もしかしたら、桜井君が時計塔の亡霊——と言い出したのは、その当時の思い出が関係しているのかもしれないね」

「そうですね——」

真琴は返事をしながらも、別の可能性について考えていた。

12

「邪魔するぜ——」

後藤は、勢いよく〈映画研究同好会〉の部屋のドアを開けた。

「邪魔だと分かってるなら、帰って下さい——」

部屋の主《あるじ》である八雲が、いかにも迷惑そうな顔で言う。

——本当に腹の立つ野郎だ。

「てめぇが呼び出したんだろうが!」

「呼び出した覚えはありません。ただ、調べものを頼んだだけです」

とんだ屁理屈《へりくつ》だ。せっかく協力してやってるのに、この態度――。

「勝手な野郎だ」

「相手が態だからですよ。人間の言葉を話せるようになったら、相手をしてやってもいいですよ」

「この野郎……言わせておけば……」

後藤は拳《こぶし》を振り上げたが、八雲は涼しい顔――。

「どうします？　現職の警察官が、一般市民を殴ったらどうなるか、試してみますか？」

おどけた調子の八雲の言葉に、堪忍袋の緒が切れた。

「おう！　試してやる！」

感情に任せて拳を振り下ろそうとしたところで、後ろから誰かに押さえられた。

石井だった。

「後藤刑事！　マズイです！」

「うるせぇ！　おれは、こいつを殴らねぇと気がすまねぇ！」

「落ち着いて下さい」

揉《も》み合う後藤と石井を見て、八雲は楽しそうに笑っていた。

こうなると、沸き上がっていた怒りも萎《な》える。後藤は、しがみついていた石井を振り払い、八雲の向かいの椅子に座った。

床に尻餅《しりもち》を着いた石井は、「痛《いて》てて っ」と腰を押さえながらも立ち上がり、後藤の隣に腰掛けた。

「石井さん。どうしました？　浮かない顔をして……」

落ち着いたところで、八雲が石井に目を向けた。

無気力なように見えて、こうやって他人のことをしっかり見ているのが、八雲らしいところだ。

「いや、その、あの……」

石井はまごまごしていて、要領を得ない。

「こいつ、さっき幽霊を見たんだとさ」

代わりに後藤が口にした。

「幽霊を？」

「ああ。別件の捜査で、交差点に行ったときに、幽霊に出会《でくわ》した。それにビビって、トラックに轢《ひ》かれそうになる始末だ」

後藤が言うと、石井は「すみません……」と恐縮したように身を縮めた。

「分かりました。あとで、確認しに行きましょう。その方が、石井さんも安心ですよね」

「ほ、本当ですか！」

八雲の申し出に、石井が跳び上がるようにして声を上げる。

普段はやたらと腰が重いクセに、妙なところでフットワークが軽いのが、また八雲らしさでもある。

「それで、お願いした件はどうでした?」

八雲が改まった口調で言う。

ようやく、本題に入った。後藤は、ファイルを八雲に投げて渡した。

「ずいぶんと、時間がかかりましたね」

八雲は、資料を受け取りながら、悪びれることもなく言う。

すでに夜の十時を回っている。かなり時間がかかったのは事実だ。とはいえ、遊んでいたわけではない。例の峠道の帰りに、運悪く渋滞に巻き込まれた。

とはいえ、そんな話をしたところで、八雲は労《ねぎら》ってくれるような玉ではない。

「悪かったよ」

「珍しく、素直じゃないですか」

「余計なお世話だ」

八雲は、小さく笑ってから真剣な眼差《まなざ》しで資料に目を通し始める。

依頼されたのは、大学内で過去に死んだ人間がいるかどうかだ。殺人は無かったが、自殺が一件だけあった。

今から三年前のことだ——。

水原紀子《みずはらのりこ》という名の、当時十九歳の女性だった。

正直、やりきれない気分になる。まだこれからだというときに、なぜ女性は自ら命を絶たなければならなかったのか——。

今さら考えたところで、手遅れなのだが、考えずにはいられないのが後藤の性分だ。

「どうしたんですか？」

八雲が上目遣いに、後藤を見ていた。

「何でもねぇよ。それより、今回も晴香ちゃんが持ち込んだのか？」

後藤は、椅子の背もたれに身体を預けながら訊《たず》ねた。

八雲がこういうことを調べるのは、心霊がらみの事件に巻き込まれているからだ。

「まあ、そんなところです。あいつは、見境なくトラブルを拾いますからね」

八雲がため息混じりに言う。

石井は、その言いように納得がいかないらしく、不服そうな顔をしている。

「で、どんなトラブルなんだ？」

「心霊現象を体験した学生がいるんです。そのうちの一人が、それ以来、様子がおかしくなったらしいんです」

資料に目を向けたまま八雲が言った。

「ずいぶんと、曖昧《あいまい》な言い方じゃねぇか」

「まだ、本人に会っていないんですよ」

「どうして？」

そういうとき、真っ先に本人に会うのが八雲のセオリーのはずだ。

「本人から頼まれたわけじゃないんです。その友人なる人物から、相談を受けたあいつが、ぼくのところに持ち込んだ――というわけです」

「回りくどいな。さっさと本人に会って確かめればいいじゃねぇか」

「そんなことは、わざわざ後藤さんに言われるまでもなく、分かっています」

「ああ、そうかい」

いちいち癪《しゃく》に障る言い方をする。

文句を言ってやろうかと思ったが、止めておいた。そんなことをしたら、後でどれほどの罵詈《ばり》雑言《ぞうごん》が返ってくるか分かったものじゃない。

何にしても、そのトラブルから、過去に大学内で死んだ人物を調べ始めたということなのだろう。

八雲が、前に言っていた。

死者の魂は、思い入れのある場所、あるいは自らが死んだ場所に縛られることがある――と。

「時計塔だったんですね――」

しばらくして、八雲がパタンと資料を閉じながら言った。

「何がだ？」

「本物のアホなんですね。資料に載っている女性が、自殺した場所です」

八雲が呆《あき》れたように口にする。

「主語を付けないから、分からなかったんだよ」

「どうだか」

八雲が、からかうような視線を向けて来る。

ここに来る前に、目を通しているので、事件のあらましくらいは把握している。

自殺した水原紀子は、時計塔の下で血を流して倒れているのを、警備員の男によって発見された。

すぐに救急車で病院に運ばれたが死亡が確認された。

時計塔の最上部の窓が開いていて、そこから転落したものとみられた。争った形跡がなく、何かに悩んでいる姿が度々目撃されていたことなどから、警察は自殺と断定した──。

「もしかして、幽霊が出るのって、時計塔なんですか？」

今まで黙っていた石井が訊ねる。

「そのようです」

「じゃあ、その女性が……」

石井の声が、わずかに震えていた。

確かにこれまでの経験から鑑《かんが》みて、その可能性が高い。

「まだ、そうと決まったわけではありません」

八雲が、首を左右に振る。

「結論を出すのは早いってことか」

「まあ、そんなところです。それに……時計塔で囁《ささや》かれていた噂も引っかかります――

――」

八雲が、尖《とが》った顎《あご》に手を当て、何かを考えるように視線を彷徨《さまよ》わせる。

「幽霊が出るだけではないのですか？」

石井が口を挟む。

「ええ。あの時計塔には、大きな姿見があって、黄泉《よみ》の国に繋《つな》がっている。夜の十一時五十五分に、その場所に行くと、亡き人と再会することができる。ただし――」

八雲はそこまで言ったところで、一旦《いったん》言葉を切った。その場の空気が、一気に重くなったような気がした。

沈黙に耐えきれず、後藤は石井と顔を見合わせる。

死者に会うための条件とはいったい何だ？　考えてみたところで、何も思い浮かばなかった。

「自らの命と引替えに――」

不意を突くようなタイミングで言った。

石井が今にも卒倒してしまいそうな勢いで、「ひぃぃ！」と悲鳴を上げる。

「だから騒ぐな！」

石井をひっぱたきはしたが、後藤も危うく声を上げるところだった。意識しているのか定かではないが、八雲の喋《しゃべ》り口調は本当に怖い。

「お前、もしかして時計塔に行くつもりか？」

場が落ち着いたところで、後藤が口にすると、八雲は口許《くちもと》にうっすらと笑みを浮かべてみせた。

「もちろん、そのつもりです」

「大丈夫なのか？」

「後藤さんも、噂を信じるくちですか？」

「いや、そういうわけじゃねぇが……なんか、嫌な予感がする……」

理屈では説明できない。ただ、さっきから妙な胸騒ぎを抱えているのは事実だ。

「後藤さんの勘ほど、当てにならないものはありませんよ」

「何だと！」

後藤が突っかかったところで、八雲が手を上げてそれを制した。

「少し騒がしいですね……」

八雲が、険しい表情で言う。

息を殺して耳を澄ましてみたが、後藤には何も聞こえて来なかった。

「勘違いじゃねぇのか？」

訊ねる後藤を無視して八雲が立ち上がり、そのまま部屋を出る。

――いったい、どうしたというんだ？

後藤は、石井と顔を見合わせてから席を立ち、八雲のあとを追って部屋を出た。

「何だ？　どういうことだ？」

外に出るなり、後藤は思わず声を上げた。

遠くで、赤いランプが明滅しているのが見えた。ちょうど時計塔の下だ。

「何か事件でしょうか……」

石井が呑気《のんき》な声を上げている間に、八雲は駆け出した。

「行くぞ！」

後藤は八雲のあとを追いかけた。

――いったい何があった？

八雲が、時計塔に現われる幽霊を追いかけ始めた矢先だ。あまり考えたくないが、嫌な予感しかしない。

いや、考えるのはあとだ。今は、とにかく急ごう――。

時計塔に辿《たど》り着いた後藤は、騒然となる現場に、言葉を失った。

警察によって設置された夜間照明の明かりに照らされ、時計塔が闇の中に浮かび上がっている。

それを、〈立入禁止〉と書かれた黄色いテープが囲んでいる。

遅い時間帯の大学――ということもあり、ヤジ馬の姿はほとんどないが、制服警官が立ち、睨《にら》みを利かせている。

何か、大きな事件が起きたのは明白だ。

「何があった？」

後藤は、警察手帳を提示しながら、近くにいた制服警官に訊《たず》ねた。

「殺人事件です」

制服警官が言うなり、八雲の顔色が変わった。

顔面蒼白《そうはく》とは、まさにこのことだ。八雲は、すぐさま黄色いテープを潜り、中に入ろうとする。

「入ってはいけません」

制服警官が、すぐに八雲を押し止める。

それでも八雲は、強引に中に入ろうとして、制服警官と揉《も》み合いになる。

――見ていられない。

「待て！」

後藤は、八雲の腕を摑《つか》んで強引に引き戻した。

「少し落ち着け！」

「……………」

何も言わずとも、八雲が何を想像しているのかは分かる。だが、だからこそ、今は冷静になることが大事だ。

「現場は、おれが見に行く。お前はここで待ってろ」

ここで八雲が暴れれば、状況確認が遅れるだけだ。今は、耐えてもらうしかない。

八雲は、何か言いたそうにしていたが、やがて納得したのか「はい」と小声で答えた。

「行くぞ！」

後藤は、すぐ後ろでオロオロしている石井に声をかけてから、黄色いテープの内側に足を踏み入れた。

その瞬間、別世界に迷い込んだような、妙な感覚を覚えた。

鼓動が高鳴り、手に汗が滲《にじ》む。

刑事たちは、時計塔の裏手に集まっているらしい。

後藤が足を運ぶと、時計塔の壁に寄りかかるように座っている女性の姿を見つけた。

「は、晴香ちゃん！」

石井が驚きの声を上げる。

後藤はその姿を見て、ほっと息を吐くが、すぐに様子がおかしいことに気付いた。

顔の筋肉が硬直してしまったかのように無表情、目は虚《うつ》ろで、どこかぼんやりしている。

それに、よく見ると頬に点々と赤い染みが確認できる。

「おい！　晴香ちゃん！」

声をかけたが、返事をするどころか、ピクリとも反応しなかった。

──おかしい。いったい何があった？

歩み寄ろうとした後藤だったが、その進路をスーツ姿の二人の男が遮った。夕方に顔を合わせたばかりの、篠田と小野寺だった。

「こんなところで、何をしている？　お前らの出る幕はない」

相変わらず、高圧的な口調で篠田が言う。

今に始まったことではないが、よほど嫌われているらしい。

「うるせぇ。その娘《こ》は、おれの知り合いなんだ」

後藤は、押し退けて進もうとしたが、篠田は頑として譲らなかった。

「だとしたら、なおのこと、行かせるわけにはいかねぇな」

篠田が睨《ね》め付けて来る。

「何だと？」

「彼女は、今回の事件の容疑者だからな」

篠田によって放たれた言葉に、後藤は絶句した。

さっき、制服警官は殺人事件──と言っていた。晴香が容疑者ということは、つまり彼女が人を殺した可能性があるということになる。

「晴香ちゃんに限って、あり得ません！」

後藤より先に、石井が反論した。

「そうだ！　何かの間違いだ！」

後藤も声を上げる。

そんな二人を見て、篠田は呆《あき》れたようにため息を吐いた。

「お前らがどう言おうが、目撃者がいるんだよ」

そう言って、篠田は少し離れた場所で、刑事たちと話をしている男に目を向けた。制服を着た男。警備員らしかった。

「バヵ言ってんじゃねぇ！」

「お気持ちは分かりますが、少し落ち着いて下さい」

小野寺が、篠田とは対照的に冷静な口調で言った。だが、言われたからといって、落ち着けるわけもない。

「どけ！　おれが話を聞く！」

後藤が、強引に篠田を押し退けると、今度は小野寺が止めに入った。

「止めて下さい。容疑者の知人なのであれば、余計に今は会わせることができません！」

「うるせぇ！　どけと言ったら、どけ！」

後藤は、そのまま小野寺と揉み合いになった。

すぐに篠田が加わり、気付けば周囲にいる刑事たちを巻き込んでの大騒ぎに発展していた。

第二章

誰がために

FILE:
02

1

石井は、パトカーに乗せられ、連れていかれる晴香を呆然《ぼうぜん》と見送ることしかできなかった——。

まさか、こんな光景を目にする日が来るとは、思ってもみなかった。

「ふざけやがって！」

隣に立つ後藤が、悔しさを滲ませながら叫ぶ。

その怒りは、石井にもよく分かる。

晴香が人を殺すはずがないのだ。それなのに、篠田と小野寺は、すでに彼女を犯人だと決めつけている。

「晴香ちゃんは本当に……」

「そんなわけねぇだろ！」

後藤が怒鳴りつけるようにして、石井の言葉を遮った。

石井は、ビクッと肩を震わせながら、怒りに燃える後藤の顔を見た。晴香のことを信じているからこその怒りだろう。

「でも……証言が……」

それが一番の問題だった。

詳しい事情はまだ不明だが、篠田たちの話だと、警備員が晴香の犯行を目撃しているらしい。

これは、もう言い逃れのしようがない。

「そんなものは、何かの間違いだ！　暗くて、よく見えなかったに決まってる！」

確かにそういうこともあり得るかもしれない。

しっかりと証言を確認してみれば、そこに穴があるかもしれない。

だが——信じようとすればするほど、胸の内に疑念が湧き上がって来てしまうのもまた事実だ。

石井が一番、そう感じてしまう原因は、晴香の様子だ。

あの場所にいた晴香は、後藤と石井の姿を見ても、全く無反応だった。意識を失っていたわけではない。

それなのに、目の焦点が合っておらず、虚ろな感じだった。

晴香が衝動的に、人を殺してしまい、そのことで放心状態に陥ったとは考えられないだろうか？

もし、そうだとしたら——いや、そんなはずない。

石井は頭に浮かぶ考えを、強引に振り払った。今は、あれこれ考えるときではない。

まずは、状況を確認することが先決だ。

「あれ？」

石井は、ここに来て妙なことに気付いた。

「何だ？」

後藤が訊《たず》ねてくる。

「八雲氏は——どこに行ったんでしょう？」

現場から追い出されたあと、後藤が八雲に状況を説明した。

ショックを受けたり、取り乱したりすることを懸念していたのだが、意外にも八雲は「そうですか——」と短く答えただけだった。

その言葉は、あまりに無気力で、無感情だった。そして、気付けば晴香を見送ることもなく、姿を消している。

——八雲氏は、今回の事件をどう受け止めているのか？

石井には、その真意が分からなかった。

「あいつのことだ。何か考えがあるんだろうさ——」

後藤の言葉に、素直に応じることができなかった。本当に、そうなのだろうか？　という疑問を拭《ぬぐ》うことができなかった。

「そんなことより、おれたちも行くぞ」

後藤が声をかけて来る。

「え？　行くってどちらにですか？」

「何が起きてるのか、確認するに決まってるだろうが！」

後藤の拳骨《げんこつ》が落ちた。

「しかし……私たちに、情報を流してくれるとは、思えませんが……」

それが石井の本音だった。

特に、篠田と後藤の仲は険悪なようだ。そんな相手に、素直に情報を渡してくれるとは、考え難《にく》い。

「思う、思わないじゃない。何としても、聞き出すんだよ！」

後藤は、そう宣言すると大股《おおまた》で歩き出した。

あとを追いかけた石井だったが、すぐに何かに躓《つまず》いて転んだ。

「何やってる！」

後藤に急《せ》かされ、慌てて立ち上がった石井は、ふと妙な気配を感じて顔を上げる。

校舎の陰から、じっと時計塔を見上げている人の姿が見えた。距離があるので、顔は見えないが、小柄な学生のようだった。

――ヤジ馬だろうか？

「石井！　何やってる！」

後藤の声に、飛び跳ねるように反応した石井は、慌てて駆け出した。

2

八雲は暗い部屋の中で、足を投げ出すようにして椅子に座っていた――。

頭が重かった。

呼吸も浅いのか、息苦しさを覚える。

後藤たちから聞かされたのは、衝撃的な内容だった。

晴香に殺人の容疑がかけられている――と。

正直、信じられなかった。だが、そんなはずはないと強く否定することもできなかった。

思考が、そうすることを拒否したのだ。

――君がやったのか？

本人に会って、事実を確かめればいい話なのだが、八雲は逃げるように、この部屋に戻って来てしまった。

知るのが怖かったからかもしれない。

もし、晴香が「そうだ」と答えたとき、自分の中にある大切な何かが、壊れてしまう気がした。

――いや、そんなはずはない！　彼女が人を殺すなどあり得ない！

心の中で強く否定してみたが、再び思考がそれを拒絶した。

——お前は、彼女の何を知っている？

頭の奥で声がした。

まさにその通りだった。

自分は、晴香という人間のことについて、怖ろしいほど何も知らない。

どんな友だちがいて、何が好きで、どんな人生を歩んで来たのか——今まで、そんなことを聞こうともしなかった。

多くの事件を、一緒に解決して来たが、それだけなのだ。

いくら心で「違う！」と叫ぼうとも、自分はそう言い切るだけの論拠を持ち合わせていない。

後藤は、八雲とは対照的に激しいまでの怒りを持っていた。

晴香に嫌疑がかけられているが、絶対にそんなことはあり得ない——そう力説していた。

八雲には、それが不思議でならなかった。

なぜ、たいして知りもしない人間のことを、そこまで信じるのか？　たとえ、深く知っていたとしても、環境や状況によって人は変化する。

その行動の全てを掌握することなどできないはずだ。だから、信じる——というのは、所詮《しょせん》はエゴに過ぎない。

八雲は、髪を掻《か》き上げ、低い天井を見上げる。

いつもは狭いと感じる〈映画研究同好会〉の部室が、やけに広く感じられた。

自分が小さくなったのでは――とすら感じる。

――なぜ、こんなことになった？

八雲は、晴香と花苗から、心霊現象の相談を受けたとき、正直、それほど深刻な事態だとは思っていなかった。

死者の魂を見ることができる、赤い左眼を持ち、常に幽霊と向き合っている八雲からしてみれば、亡霊が原因で大騒ぎする連中の神経が分からなかった。

ただ、状況を整理して、適当にあしらうつもりで、晴香に憑依《ひょうい》された疑いのある青年、西澤を連れて来るように指示をした。

――それが間違いだったのか？

あのとき、一緒に行動していれば、こんなことにはならなかったかもしれない。

――こんなこととは何だ？

八雲は、いつの間にか自分の思考が、すでに晴香を犯人だと断定していることに気付いた。

――自分は晴香が、人を傷つけるような人間だと思っているのだろうか？

考えてみたが、やはり答えは出なかった。

晴香のことを何も知らない。

だから答えようがない。

知っているようで、何も知らない。所詮は他人なのだ。自分のことすら、ろくに分かっていないのに、どうして何も知らない他人を信じることができるのか？

八雲は、両手で顔を覆った。

──この先、どうすればいいのだろう？

八雲には、何もかもが分からなくなっていた。

3

翌朝、後藤は総合病院に足を運んだ──。

エントランスを入ったところで、目当ての人物の姿を見かけた。

刑事課の課長である宮川だ。二人の制服警官たちと、何やら話をしている。昨晩の事件のことだろう。

後藤が声をかける前に、宮川がこちらの存在に気付き、軽く手を上げた。

「状況は、どうなってますか？」

後藤が開口一番に訊《たず》ねると、宮川が、ついて来い──という風に顎《あご》を振った。制服警官たちの前で、あれこれと話したくないのだろう。

エントランスを出て、中庭の外れに移動したところで、宮川がベンチに座った。

後藤も、隣に腰を下ろす。

「よく、ここだって分かったな」

宮川が、ポツリと口にする。

「刑事課の連中に聞いたんです。被害者の様子を見に行ったって……」

後藤と石井は、昨晩の事件から外され、完全に蚊帳《かや》の外の状態になっている。

いや、外されたという表現は適切ではない。元々〈未解決事件特別捜査室〉は担当外なのだ。

それでも、このまま放置することができず、情報を得ようとあちこち飛び回った。

最初は、刑事課の連中を捕まえ、捜査状況を教えろと迫ったが、「話すことは何もない――」の一点張りだった。

後藤たちが担当外で、煙たがられている存在だというのもあるが、容疑者である晴香と知り合いだったことが大きく影響しているのだろう。

どうにか聞き出せたのは、晴香は現在勾留《こうりゅう》中で、朝から事情聴取が始まるというものだけだった。

そこで方針を変え、刑事課の課長である宮川の居場所を聞き出した。

宮川は後藤が新人だった頃にコンビを組んだベテラン刑事で、師匠のような存在だ。

バリバリの現場主義で、感情的になり易い側面はあるが、人情派で信頼のおける人物だ。何より、後藤たち〈未解決事件特別捜査室〉を煙たがっていない希有《けう》な存在だ。

宮川なら、色々と情報を流してくれるだろうと踏んでのことだ。

「おれから事件のことを聞き出そうってわけか……」

呟《つぶや》くように言って、宮川が背中を丸めた。

「はい」

「まったく……お前は言い出したら、聞かねぇからな」

「宮川さんに、そう教わりました」

後藤が言うと、宮川がふっと笑みを浮かべた。

「何が知りたい？」

「被害者の解剖が終わったんですよね？」

後藤は、まずそのことを訊ねた。

殺人事件なので、被害者の女性は司法解剖に回される。宮川が病院に足を運んだということは、解剖の結果が出たと踏んでいた。

「死因は、脳挫傷《のうざしょう》だ。頭部を一撃だ——」

宮川の口調は重かった。

「ということは、相当強い力で殴られたってことですよね」

後藤が口にすると、宮川が苦笑いを浮かべた。

「まあ、そうだな」

「そうなると、犯人は力の強い男ってことになりませんか？」

推論を口にすると、宮川の表情が歪《ゆが》んだ。

「容疑者は、お前の知り合いだったな」

「ええ」

「例のガキの友だちってのは、本当か？」

宮川の言う「例のガキ――」とは、八雲のことだ。

八雲の死者の魂が見える赤い左眼のことを知り、それを信じてくれている数少ない警察関係者の一人だ。

宮川自身、八雲に会ったこともある。

「そうです」

後藤は、大きく頷《うなず》いた。

八雲と晴香は、友だち――と単純に片付けられる関係ではないが、今ここで説明するようなことでもない。

「信じたくない気持ちは分かるが、お前も刑事なら、先入観でものを見るな」

「おれは、そんなつもりはありませんよ」

後藤は否定したが、宮川はそれに納得してはいないようだった。

「本当にそうか？」

「え？」

「よく考えろ。容疑者は、素手で殴ったわけじゃない。鉄パイプでぶん殴ったんだ」

「しかし……」

「力がなくても、殺すことはできる」

宮川の言い分はよく分かる。

だが、何も後藤はそれだけを論拠に、晴香が犯人ではない——と主張したいわけではない。

「晴香ちゃんは、鉄パイプを振り回すような娘《こ》じゃないです」

後藤は、事件を通して何度も晴香と顔を合わせている。

どんなことがあっても、他人に危害を加えるようなタイプではない。むしろ、自らの身を挺《てい》して誰かを守ろうとする——そんな強さを持っている。

「それこそ先入観だろう」

「そうかもしれませんが、そもそも動機がありませんよ」

「そうとは言い切れん」

「なぜです？」

「被害者の女性は、小池花苗二十一歳——容疑者である小沢晴香とはゼミが同じだった。二人の間に何らかの諍《いさか》いがあった可能性は否定できない」

容疑者——という単語が、後藤の胸に不快感を残した。

まさか、晴香がそんな風に呼ばれる日が来るとは、これっぽっちも思っていなかった。

「仮に、何かのトラブルがあったとしても、だからって鉄パイプで殴ったりはしないでしょう」

「だから、それが先入観だって言ってんだ。人間ってのは、ときとして思いもよらない行動を取るものだ。普段、大人しい奴が、ついカッとなって凄惨《せいさん》な事件を起こすなんて例は、腐るほどあるだろうが」

宮川が、熱を帯びた口調で言った。

確かに、後藤もそういう例を数多《あまた》見て来ている。事件のあと、加害者の近辺に聞き込みをしたとき「まさかあの人が……」という声をよく聞く。

だが、それでもやっぱり後藤には納得できなかった。

「そういう例があることは認めます。でも、今回に限っては違う。絶対に、何かの間違いです」

「何で、そうまでして庇《かば》う？」

そんな風に訊《き》かれるとは、思っていなかったので、少々戸惑ってしまう。

「信じることに、理由が必要ですか？」

後藤が口にすると、宮川は苦い顔でため息を吐いた。

「そうは言っても、今回の事件は証拠も揃っているんだ。凶器の鉄パイプから、容疑者のものとみられる指紋が検出されている」

「何かの拍子に、凶器を摑《つか》んでしまっただけかもしれません」

後藤は、なおも反論する。

苦しい言い訳であることは承知しているが、それでも認めたくなかった。

「指紋だけならそうかもしれんが、目撃者もいるんだ」

「警備員ですか？」

「ああ。警察に通報して、容疑者を押さえたのもそいつだ。巡回していて、女性の悲鳴を聞き、現場に駆けつけたところで、鉄パイプで被害者を殴る容疑者を目撃している」

決定的ともいえる。

あとから現場に駆けつけたならともかく、殴る瞬間を見ていたとなると、どうにも分が悪い。だが、それでも――。

「暗くて、見間違えたってこともあるでしょ」

「残念だが、その可能性は低い。警備員は懐中電灯を持っていたんだ」

「それでも、おれは信じられません」

後藤は、立ち上がりながら強い口調で言った。

「だから落ち着け。今のお前は、感情に流されている。もっと冷静になれ――」

諭すような宮川の言葉に、違和感を覚えた。

かつての宮川は、自分の部下を行儀よく説得するのではなく、問答無用に拳骨《げんこつ》を落とし、罵声《ばせい》を浴びせかけた。

反感を買うことはあったが、後藤はそういう宮川だからこそ、頼りにもしたし、慕いもした。

捜査に関してもそうだ。

自分が納得できないのであれば、上がどう言おうと、証拠がどうだろうと、お構いなく突き進んでいた。

それなのに——。

「見損ないました」

「何？」

「おれは、今も昔も、冷静になったことなんて一度もないです。常に、感情優先で突っ走って来ました」

後藤が堂々と胸を張ると、宮川が呆《あき》れたような笑みを浮かべながら立ち上がった。

「何を自慢してやがる」

「宮川さんから教わったんです」

後藤が言うと、宮川の顔が一気に歪んだ。

「それと、これとは別だろう」

宮川の反論は、ひどく弱々しいものだった。

彼自身分かっているはずだ。何を大事にすべきなのか——だが、管理職に収まったことで、かつてのように自由に振る舞えなくなった。

宮川を責めることはできない。

それぞれに立場があり、それに沿った役割というものが存在している。そういう意味では、後藤には何のしがらみもない。だから――。

「おれは、誰に何と言われようと、自分が納得するまでやりますから」

「何をしようってんだ？」

宮川が訊《たず》ねて来た。

そんなことは、わざわざ答えなくても、宮川は分かっているはずだ。

「おれは、晴香ちゃんのことを信じて、やれるだけのことをやる。それだけです――」

そう言い残して、後藤は病院をあとにした。

4

石井は、廊下に備え付けてあるベンチに座り、じっと取調室のドアを見つめていた――。

あのドアの向こうで、今まさに、取調べが行われているかと思うと、石井の胸に何とも言えない痛みが走る。

昨晩、晴香が殺人事件の容疑者として任意同行されてから、石井は後藤とともに情報を集めようと必死に動いていた。

ほとんど眠っていないが、眠気も疲労も感じなかった。

ある種の興奮状態にあるのかもしれない。

何としても、晴香にかかった嫌疑を晴らさなければならない。そのために、今はできるだけ多くの情報が欲しい。

しばらく、そうしていると、取調室のドアが開いた――。

石井は素早く立ち上がる。

中から出て来たのは、篠田と小野寺の二人だった。取調べの休憩時間といったところだろう。

「あ、あの……」

石井は、廊下を歩き去ろうとする二人に声をかけた。

篠田と小野寺が、同時に振り返る。

石井の姿を認めた瞬間、篠田は露骨に舌打ちをした。

「お前、確か後藤の相棒だったな」

篠田が、嫌悪感を露《あら》わにしながら口を開いた。

「〈未解決事件特別捜査室〉の石井です――」

「何の用だ？」

篠田が、睨《ね》め付けるような視線を石井に向ける。

取調べの状況を教えて欲しい――率直にそう言えばいいのだが、思わずたじろいでしまう。

「おれたちは、お前らと違って忙しいんだ。用があるなら、さっさと言え」

篠田がさらに突っかかって来る。

後藤がいるときは、ここまで喧嘩《けんか》ごしの態度ではなかった。石井が一人だと思って、舐《な》めてかかっているのだろう。

「あの、その……私は……」

何とか、口にしようと思ったが、緊張してしまっているせいか、舌が上手く回らない。こういうときに、毅然《きぜん》と振る舞えない自分が、つくづく嫌になる。どこまでも気が小さく、臆病《おくびょう》で、役立たずなのだ。

「何を言ってるか、聞こえないな」

篠田が、嘲《あざけ》りにも似た笑みを浮かべた。

「いや、その……」

「何だ？　後藤は、部下の教育もろくにできないらしいな」

——自分のことはいいが、後藤のことをバカにされるのは許せない！

怒りが沸き上がったものの、それを上手く言葉に乗せることができない。

情報を聞き出そうと思っていたが、こんな調子ではとても無理だ。諦《あきら》めて退散しようとしたところで、篠田に呼び止められた。

「そういえば、容疑者は、お前らの知り合いらしいな」

篠田が緩い笑みを浮かべる。

見ているだけで、不快な気分にさせられるが、当然のように、それを言えるだけの度胸は持ち合わせていない。

「そ、そうです」

石井が頷《うなず》くと、篠田がふんっと鼻を鳴らして笑った。

「友だちを、鉄パイプでぶん殴るとは、とんでもねぇ女だよな——」

「違う！」

さすがに、石井は声を上げていた。自分でも驚くほど、大きな声だった。

「何が違うんだ？」

篠田は驚きはしたが、すぐに気持ちを切り替えたらしく、石井に詰め寄ってくる。

晴香は、そんな女性ではない。

初めて晴香を見たとき、天使が舞い降りた——と思った。

それほどまでに、清純で、可憐《かれん》で、可愛らしい女性だった。それから、様々な事件を通して、晴香とかかわることになったが、その思いは今でも変わらない。むしろ、強くなっているほどだ。

そんな晴香が、他人を傷つけるようなことを、するはずがない。

「晴香ちゃんに限って、そんなことは絶対にしません——」

石井が主張すると、篠田は声を上げて笑った。

「御目出度《おめでた》い野郎だな」

「私は、ただ真実を……」

「残念だったな。容疑者は自供した」

「え？」

一瞬、意味が分からなかった。

「だから、容疑者は、犯行を認めたと言ったんだ」

――晴香が犯行を認めた？

石井の中に浮かぶのは、なぜ？　どうして？　という疑問ばかりだった。

「そんなはずはありません。何かの間違いですよね？」

わずかな希望を込めて、石井は小野寺に訊ねた。

「ついさっき、全て私の責任だ――と犯行を仄《ほの》めかす自供をした」

小野寺は、苦い顔をしつつも、淡々とした口調で告げた。

「そんな……」

強い目眩《めまい》を感じた石井は、ふらふらと後退《あとじさ》り、へたり込むように廊下に座り込んでしまった。

「情けない面《つら》だな」

篠田が、蔑《さげす》むように石井を見下ろして来た。

怒りや、悔しさという感情が沸き上がって来たが、無力感に押し潰《つぶ》され、立ち上がることすらできなかった。

「私は……」

「容疑者の自供も取れたし、捜査はもう終わりだ。余計なことしてひっかき回すなよ——」


篠田は、そう言い残すと小野寺と一緒に歩き去って行った。

石井はその後ろ姿をただ呆然《ぼうぜん》と見送った。

——嘘だ！　嘘だ！　そんなの嘘だ！

頭を抱え、必死に心の中で叫んだが、そんなことをしたところで、突きつけられた事実が変わるはずもなかった。

「これから私は……」

——どうしたらいいのだろう？

晴香の無実を信じて、昨晩から後藤とあちこち飛び回っていたが、自供してしまったのであれば、もう自分たちが何をしようと変わらない。

どれくらい呆然としていたのだろう。携帯電話に着信があった。

モニターに表示されたのは、後藤の名前だった。石井は、すがるような思いで携帯電話に出る。

「はい。石井雄太郎であります——」

〈分かってるよ。ボケ〉

電話の向こうから、不機嫌な後藤の声が返って来た。

「す、すみません」

〈宮川さんから、色々と話は聞けた――〉

後藤は、宮川から聞き出した情報を、早口に石井に伝える。

だが、そのほとんどが頭に入って来なかった。今さら、いくら情報を仕入れたところで、それは全部無駄なのだ。

〈それで、そっちはどうだった？〉

後藤が一通りの説明を終えたあと、訊《たず》ねて来た。

今、篠田から聞いた事実を後藤に伝えなければ――と気持ちは逸《はや》るのだが、思うように言葉が出て来ない。

「あの……えっと……」

〈はっきりしねぇ野郎だな〉

「すみません」

〈謝ってる暇があったら、さっさと教えろ〉

石井は、大きく深呼吸をして気持ちを落ち着けてから口を開いた。

「は、晴香ちゃんが、犯行を自供したそうです――」

〈何だと？〉

獣の唸《うな》りのような、後藤の声が返って来た。

「ですから、晴香ちゃんが犯行を……」

〈そんなわけねぇだろ！〉

後藤の怒声が、石井の耳朶《じだ》を突き抜けた。

烈火の如き怒りを孕《はら》んだ後藤の声に、石井は震え上がる思いだった。

「し、しかし……」

〈しかしもへったくれもあるか！　何でそんなことになってんだ？〉

「わ、分かりません。しかし、たった今、そう聞いたんです」

声が震えた。

〈分からねぇじゃねぇだろ！〉

「そう言われましても……」

〈晴香ちゃんが、自供するはずはねぇ！〉

「しかし……」

〈いったい何でそんなことになってるのか、確認しておけ！〉

「確認しろと言われましても、どうやって……」

〈自分で考えろ！〉

叫び声のあと、電話が切れた。

石井はしばらく放心したあと、両手で頭を抱えた。

涙がこぼれ落ちそうだった。

後藤に激しく叱責《しっせき》されたことに対する怖れもあるが、他にも悔しさ、惨めさ、哀しさ——様々な感情がない交ぜになっていた。

心がキャパシティーを超え、今にも崩壊寸前だった——。

5

「石井さん——」

真琴は、警察署の廊下で、トボトボと肩を落として歩く石井の背中を見かけ、声をかけた。

今まさに石井たちに会うために〈未解決事件特別捜査室〉の部屋に行く途中だった。

「あっ、真琴さんですか……」

石井が緩慢な動きで振り返り、掠《かす》れた声で言った。

その顔は、死人のように生気がなかった。

「大丈夫ですか？」

駆け寄りながら声をかけると、石井は「はあ……」と気のない返事をしながら、ぎこちない笑みを浮かべた。

「今日は、どうされたんですか？」

石井が不思議そうに首を傾げながら訊ねて来た。

心ここに在らずといった感じだ。どうやら、相当に参ってしまっているらしい。

「晴香ちゃんのことです——殺人事件の犯人として、逮捕されたと聞きました」

真琴が言うと、石井は「ああ」と再び気のない返事をした。

このまま、廊下で立ってするような話ではない。真琴は「移動しませんか?」と石井を促した。

真琴が先導するかたちで〈未解決事件特別捜査室〉の部屋に入る。

石井は、酔っているような千鳥足で、自席に移動し、そのままへたり込むように椅子に座った。

想像していたより、深刻な状況のようだ。

「それで、晴香ちゃんが逮捕されたというのは、本当なんですか?」

真琴が訊ねると、石井の表情が大きく歪《ゆが》んだ。

「まだ、正式に逮捕はされていませんが、時間の問題だと思います」

「信じられません。何かの間違いではないんですか?」

「私だって、そう思いたいです。でも、目撃者がいるんです——」

「見間違いではないんですか?」

事件が起きたのは、夜だと聞いている。暗い中であれば、目撃者が見間違えた可能性は否定できない。

「それだけじゃないんです」

石井の声が、わずかに上ずった。

「と、いうと?」

「先ほど、晴香ちゃんが、犯行を自供したそうです――」

石井の口から出た言葉が、あまりに予想外であったために、真琴は内容を理解するのに時間を要した。

「まさか、そんなはずは……」

「信じられませんが、確かな情報です」

石井が、ガクリと肩を落とした。

固く握った拳《こぶし》が、小刻みに震えている。心の内で荒れ狂う感情を、整理できないといった感じだ。

「石井さんは、それで納得しているんですか？」

「納得なんてできませんよ……」

そう言うなり、石井はデスクに突っ伏してしまった。

自らの無力さに打ちひしがれているといった感じだ。気持ちは痛いほどに分かる。だが、ここでこうしていたところで、何も解決しない。

「だったら調べてみましょう」

真琴は、石井の許《もと》に歩み寄る。

「何をです？　もう自供してしまっているんです。信じられませんが、それが事実なんです」

石井は、デスクに突っ伏したまま、籠《こ》もった声で答えた。

想定外の出来事に、対処できなくなり、自分の殻に閉じ籠もる。そんな石井を見て、真琴は情けない――とは思わなかった。

石井は、刑事をやるには、あまりに繊細で優し過ぎるのだ。

同時に石井がここで潰《つぶ》れるような人でないことも知っている。石井は、何度でも立ち上がる強さを持っている。だから――。

「自供したとか、しないとか、そんなことは関係ありません」

真琴は、そう言って石井の肩にそっと手を置いた。

石井が驚いたように、ビクッと身体を震わせてから顔を上げた。

「関係ない？」

「はい。石井さんは、晴香ちゃんが、他人を傷つけたりしないと信じているわけですよね？」

「それは、もちろん……」

「だったら、信じ続けるべきだと思いますよ。それとも、誰かから何かを言われたら揺らいでしまうほど、石井さんの晴香ちゃんに対する気持ちは弱いのですか？」

真琴は、口にしながらチクリと胸に刺すような痛みを覚えた。

石井が晴香に密《ひそ》かな想いを寄せていることは、前々から気付いていた。それと同じように、真琴も石井に――。

今は、それを考えるときではない。真琴は、自らの頭の中にある考えを振り払い、石井に笑みを浮かべてみせた。

「私は……」

「大丈夫です。石井さんは一人ではありません。後藤さんがいます。それに、私も微力ながら手伝わせて頂きます」

真琴の言葉が届いたのか、メガネの奥にある石井の目に、わずかだが光が戻って来たような気がした。

「しかし、私たちは捜査から外されています」

「あれ？　石井さんって、そんなことを気にするんですか？」

真琴が大げさに驚いてみせると、石井は困惑したように眉間《みけん》に皺《しわ》を寄せる。

「どういうことですか？」

「だって、今までも、そういうの無視して来たじゃないですか」

これまで〈未解決事件特別捜査室〉は、後藤と石井の二人だけの部署でありながら、様々な事件を解決に導いて来た。

その中で、他の捜査班の意向など気にしたことはなかったはずだ。

「そうですね。そうでしたね――」

石井の顔にようやく笑みが浮かんだ。

真琴は、ほっと胸を撫《な》で下ろす。損な役回りだが、それでも石井の力になれたのなら本望だ。

「しかし、いったい何からやれば——」

石井が「うーん」と首を捻《ひね》る。

確かにそれは問題だ。他の捜査員は関係ないと焚《た》きつけたものの、下手に縄張りを荒らせば、思わぬ妨害が入ることにもなりかねない。

どこから、どう手を着けていいのか分からないのが本音だ。

「今回の事件で、何か引っかかっていることはありませんか？」

真琴が訊《たず》ねると、石井はしばらく宙に視線を漂わせ、考えを巡らせたあと、「はっ！」と声を上げて立ち上がった。

「どうしました？」

「いや、私自身は何も思い浮かばないのですが、彼なら……」

メガネの奥で、石井の目がキラリと光ったような気がした——。

6

後藤は、大学B棟の裏手にある、プレハブの建物を目指していた。

晴香が自供した——その事実を八雲に伝えるためだ。

「八雲！　いるか！」

後藤は声を上げながら〈映画研究同好会〉の部屋のドアを勢いよく開けた——。

八雲は、いつもと同じ椅子に座っていた。

相変わらずの眠そうな顔に、寝グセだらけの髪で、ぶ厚い本を読んでいた。

後藤が部屋に入って来たことに気付いているはずなのに、返事をするどころか、顔を上げようともしない。

普段と変わらぬ態度なのだが、この状況の中にあっては、それが異様に見えた。

「八雲。お前……」

「用がないなら、帰って下さい。ぼくは、忙しいんです」

八雲が、後藤の言葉を遮った。

いつものやり取りではあるが、それもひどく不自然なものに感じられた。

「用ならある。晴香ちゃんのことだよ」

後藤が苛立《いらだ》ち混じりに言うと、八雲がわずかに顔を上げた。

「ああ。あのことか……」

生気の感じられない表情に、後藤は思わず身を引いた。

これまでは眠そうな目をしながらも、その眼光には鋭い光を宿していたはずなのに、今の八雲には、それが感じられなかった。

――本当に八雲か？

そう問いかけたくなるほどの変貌《へんぼう》ぶりだった。

「あのことか――じゃねぇよ。早く晴香ちゃんをどうにかしねぇと」

「なぜです？」

八雲が分からないという風に、首を傾げた。

「お前、何言ってんだ？」

「それは、後藤さんの方です」

「何だと？」

「あいつは、殺人事件の容疑者とみられているんですよね。警察がそう判断したわけですから、ぼくの出る幕はありません。警察の捜査に任せます」

八雲は、淡々とした口調で言うと、パタンと本を閉じた。

「お前……本気で言ってんのか？」

後藤は、震える声で訊ねた。

八雲の答えを聞くのが怖かったのかもしれない。返答次第では、自分の中に抑え込んでいた感情が、一気に爆発してしまいそうだった。

「もちろん本気です」

八雲がさらりと言ってのける。

「お前、どうしちまったんだ？」

「どうもしませんよ。いつもと同じです」

「違う。こんなのは、お前らしくない」

「後藤さんは、ぼくの何を知っているんですか？」

八雲が目を細めて後藤を見る。冷たく、虚無感に満ちた目だった。

「知ってるさ。これまで、どれだけ一緒に事件を解決して来たと思ってんだ」

「そんなものは、知っているうちに入りませんよ」

八雲は、退屈そうに欠伸《あくび》をする。

「そういう話をしてんじゃねぇ。さっき、晴香ちゃんが自供したらしい。早く、何とかしねぇと──」

「自供したなら、あいつが犯人なんでしょ。今さら、ぼくのやることはありませんよ」

八雲は淡々と口にすると、再び本を開いて読み始めた。

──何なんだこの態度は？

「お前は、晴香ちゃんが犯人だって、そう思ってるのか？」

「だから自供したなら、そうなんでしょ」

八雲は、本に目を向けたまま静かに答える。

「そんなわけねぇだろ！」

後藤は、沸き上がる怒りに任せて八雲の持っていた本を奪い取り、壁に向かって投げつけた。

バサッと本が音を立てて落ちる。

それでも、八雲は椅子に座ったまま動かなかった。

「人は、愚かですね──」

八雲が、小さくため息を吐きながら言った。

「あん？」

「ろくに他人のことを知りもしないクセに、こういう人間である。こうに違いない——と自らの幻想の中に閉じ込めようとする」

「何が言いたい」

「今の後藤さんが、まさにそれだってことです」

「おれが？」

「ええ。あいつが、犯罪を犯すはずがないと騒ぎ立てているのはなぜです？」

「そんなもん、信じてるからに決まってるだろ」

後藤が主張すると、八雲は小さく笑った。

「それは、信じることとは違います。あいつを、自分の勝手なイメージの中に閉じ込めておきたいだけなんです。つまり、本当に信じているのは、あいつのことではなく、自分自身の中のイメージなんですよ」

——何を言ってやがる？

後藤の中で急速に落胆が広がっていく。

——八雲は、いつからこんな奴になった？

いや、八雲に言わせれば、それも後藤の勝手なイメージなのかもしれない。そう思いかけた後藤だったが、大きく頭《かぶり》を振った。

「違う！」

気付いたときには、声を上げていた。

「何が違うんです？」

「イメージに閉じ込めておきたいわけじゃねぇ。おれは、晴香ちゃんを信じてるんだ」

「アホらしい……」

八雲がふんっと鼻を鳴らして笑った。

それをきっかけに、溜《た》め込んでいた後藤の怒りが、一気に爆発する。

「てめぇ……いい加減にしろよ！　晴香ちゃんがあんなことをするわけねぇのは、誰よりもお前が一番分かってるだろうが！」

後藤は、叫び声を上げながら、テーブルを乗り越えて八雲の胸ぐらを摑《つか》み上げた。

ありったけの怒りを込めて睨《にら》み付けているにもかかわらず、八雲は冷めた目で後藤を見ていた。

「デカイ声を出さないで下さい……」

「てめぇが出させたんだろうが！」

「なぜ、そこまで信じられるんですか？」

八雲が、冷ややかに問いかけてくる。

「なぜ――だと？」

「ぼくは、あいつのことを何も知らないんです……」

ポツリと言った八雲の言葉は、どこか悲愴《ひそう》感に満ちているようだった。

「知ってるだろうが！」

「知りませんよ。どこのゼミに所属していて、どんな友だちがいて、将来、何を目指しているのか——それだけじゃない。何が好きで、何が嫌いで、今まで、どんな風に育って来たのか？　ぼくは、あいつのことを、何も知らないんです」

一気にまくし立てた八雲の目が、落ち着きなく揺れる。

後藤の中にあった怒りを、呑《の》み込んでいくような、哀しい目だった。

「お前……」

「後藤さんだってそうでしょ？　あいつのことを、どれくらい知っていますか？」

「それは……」

——何も知らない。

晴香とは、何度も事件を通してかかわって来た。そうした中で、いつの間にか、知っているような気になっていた。

八雲の言う通り、晴香の個人の情報については、怖ろしいほど何も知らないということを、今さらのように思い知らされた。

あれだけたくさん話をしていたのに、なぜ、そういうことに興味を持たなかったのか——と不思議にさえ思う。

おそらくそれは、晴香との関係が、常に事件とともにあったからだろう。

八雲も、そのことに思い至ったからこそ、今回の一件で、晴香という人間が分からなくなってしまったのだろう。

「分かったでしょ。ぼくたちは、あいつが犯人ではないと断言できるほど、あいつのことを知らないんです——」

八雲は、決別するように言うと、後藤の腕を振り払った。後藤はよたよたと後退《あとじさ》り、呆然《ぼうぜん》と八雲に目を向ける。

微《かす》かにではあるが、八雲の目が潤んでいるようだった。

八雲は、後悔しているのかもしれない。もっと、晴香のことを知っておけば良かった——と。

後藤もそうだが、いつも事件ばかりで、晴香と日常会話をろくに交わしてこなかった。晴香のことを、何一つ分からないまま過ごして来た。そして、それを当たり前にして来てしまった。

今さらのように、自分が情けなくなって来た。

おそらく、八雲が抱いているのもこの感情なのだろう。

水を打ったような静寂が流れた——。

確かに、八雲の言うように自分たちは、晴香のことを何も知らないのかもしれない。

だが、そうだとしたら本当に信じることができないのだろうか？

「違う！」

後藤は叫ぶように声を上げた。

八雲は、死者の魂を見ることができる赤い左眼を持っている。

そのせいで、心が引き裂かれるほどの苦しみを何度も味わい、他の人には計り知れないほど多くの哀しみを背負って来た。

己を憎み、他者に拒絶されることを怖れ、自分の殻に閉じ籠《こ》もって来た。

そんな八雲の心を開いたのは、晴香に他ならない。

彼女は、八雲が散々忌み嫌っていた赤い左眼を「綺麗《きれい》——」と言った。

その一言でどれほど救われたか——それは後藤などより、八雲自身の方が分かっているはずだ。

「何が違うんですか！」

八雲も、声を荒らげる。

「確かに、おれたちは、晴香ちゃんのことを、何も分かっちゃいないかもしれない！」

「だったら！」

「だがな！　それは紙に書けるような情報に過ぎないんだよ！」

「その紙に書ける情報が、人の本質でしょ！」

「バカ言うんじゃねぇ！　そんな薄っぺらいもんで、人の本質が分かるものか！」

後藤は、再び八雲の胸ぐらを摑み上げた。

八雲がもの凄《すご》い形相で睨んで来たが、それを少しも怖いとは思わなかった。

「いいか！　よく聞け！　おれもお前も、晴香ちゃんの情報は知らねぇ！　だがな、彼女の心の根っこの部分は、誰よりも知ってるだろうが！」

晴香とは、事件でしかかわって来なかった。だが、だからこそ、分かることがある。

死と隣り合わせの危険な状況の中で、晴香が何を想い、どんな行動をとって来たのか──一番間近で見て来た。

それこそが、晴香の本質だ。

嘘偽りのない、晴香の心の芯《しん》の部分を、後藤も八雲も見続けて来たはずだ。

「綺麗事です……」

八雲が放った一言が、再び後藤の怒りを噴火させた。

気付いたときには、八雲を突き飛ばしていた。

八雲は、壁に背中を打ちつけ、そのまま座り込んだ。

「何が綺麗事だ！　いい加減に目を覚ませ！　晴香ちゃんは、今この瞬間も、お前を信じている！　それなのに、お前は何て様だ！」

後藤は、座り込んでいる八雲に詰め寄り、渾身《こんしん》の力で叫んだ。

八雲が座ったまま睨み返してくる。

さっきまでの冷ややかな視線ではなく、情熱の籠もった鋭くも、激しい目だ。

「偉そうに……」

「てめぇ！　まだ分からねぇのか！」

後藤は怒りに任せて、八雲に殴りかかった——。

7

石井は、突然聞こえて来た叫び声に、はっとなった——。

真琴と一緒に、明政大学の〈映画研究同好会〉の部屋の前まで足を運んだところだった。

あれは、おそらくは後藤の声だ。

石井は真琴と顔を見合わせたあと、ドアを開けて中に飛び込んだ。

目の前の光景にぎょっとする。

後藤が、壁際にへたり込むように座っている八雲に、今まさに殴りかからんとするところだった。

「後藤刑事！　落ち着いて下さい！」

石井は、後藤にしがみつき、必死に止めにかかる。

「うるせぇ！　放せ！　おれは、こいつを殴らねぇと、気が収まらねぇんだよ！」

「ダメですって」

「放せって言ってんだろ！」

何とか、押さえようとしたが、力で後藤に敵《かな》うわけもなく、石井は突き飛ばされて床の上をゴロゴロと転がった。

しこたま壁に頭を打ちつけ、目の前にチカチカと星が飛ぶ。

「石井さん。大丈夫ですか？」

すかさず、真琴が駆け寄って来た。

痛みはあるが、ここで呆《ほう》けているわけにはいかない。石井は、すぐに立ち上がり、後藤と八雲の間に割って入った。

「どけ！」

後藤が、石井を睨《ね》め付ける。

震え上がるほどに、怖い視線だった。しかし、ここで退き下がるわけにはいかない。

後藤の目は、いつものおふざけとは明らかに違う。

本当に八雲を殺しかねない勢いだ。

「そ、そういうわけにはいきません。いったい、何があったんですか？」

石井は、声を震わせながらも訊《たず》ねる。

「この野郎の性根を叩《たた》き直してやるんだよ！」

後藤が、なおも八雲に殴りかかろうとする。

石井は必死に後藤を押し戻す。しかし、ビクともしない。このままではさっきの二の舞だ。

そう思った矢先、真琴も後藤と八雲の間に割り込んで来た。

「後藤さん。まずは、落ち着いて下さい」

真琴が相手では、さすがに後藤も強引なことはできないらしく、舌打ちをしつつも、ようやく退き下がった。

石井は、ふうっと安堵《あんど》の息を吐く。

本当に一時はどうなることかと思った。

「それで、何があったんですか？」

改めて真琴が後藤に訊ねる。

「この野郎が……」

言いかけた後藤の言葉を遮るように、八雲が立ち上がった。

「別に、何もありませんよ——」

八雲は、いつもと変わらない無表情で、淡々とした口調で言った。

さっきまでの騒ぎが、嘘のような冷静さだ。

「何もないことはないですよね」

真琴が、半ば呆《あき》れたような口調で言う。

八雲はガリガリと寝グセだらけの髪をかき回したあと、倒れていた椅子を直して、そこに座った。

「今回の事件を解決するための方法を思案していたら、あの熊がいきなり襲いかかって来たんです」

そう言って、八雲は後藤を指差した。

「てめぇさっきと態度が違うじゃねぇか！」

後藤が、再び突っかかろうとしたので、石井は慌てて間に割って入る。

こんな調子では、身体が幾つあっても足りない。

「後藤さん。ちょっと、気持ちは分かりますが、まずは落ち着いて話をしましょう」

真琴に促され、不服そうにしながらも、後藤は椅子に座った。

本当に真琴がいてくれて良かった。石井一人であったなら、どうなっていたか分かったものではない。

「本当に、どうしたんですか？」

真琴がため息を吐きながら訊ねる。

「ですから、何もありませんよ――」

八雲は、さっきまでの騒ぎが嘘のように、しれっとしている。

後藤は反論しようとしたのか、腰を浮かせて何かを言いかけたが、八雲がそれを制した。

「分かってますから、大人しくして下さい」

八雲が、ぴしゃりと言う。

後藤はしばらく八雲を睨《にら》み付けていたが、やがてふっと笑みを浮かべて椅子に座り直した。

「ああ。別に何でもねぇ。いつもの痴話喧嘩《ちわげんか》だよ」

「気持ち悪いことを言わないで下さい」

後藤の言葉に、八雲がすかさず突っ込む。

「あん？」

「痴話喧嘩とは、色事のもつれから起こる、些細《ささい》な喧嘩のことです。後藤さんと何かあったと誤解されたら迷惑です」

「こっちだってゴメンだ！」

「言ったのは、後藤さんですよ」

「いちいちうるせぇ！」

後藤は吐き捨てるように言うと、腕組をしてそっぽを向いた。

二人の間に何があったかは分からないが、ようやく、いつもの感じに戻ったようだ。

石井は、真琴と顔を見合わせて、ほっと息を吐いた。

「石井さん。真琴さん。来て早々で申し訳ないのですが、今分かっている情報を全て、教えて頂けますか？」

八雲が、眉間《みけん》に指を当て、鋭い眼光を向けて来る。

石井はその視線に、怖れを抱きつつも口を開く。

といっても、石井が知っていることは、晴香が自供したということくらいなので、途中から後藤が引き継ぐことになった。

後藤が宮川から得た情報は、凶器から晴香の指紋が検出されたこと。それに、目撃者である警備員は、鉄パイプで被害者を殴っている晴香を見た――と証言しているらしいこと。

被害者は晴香と同じゼミの学生で、小池花苗という女性だ。

死因は脳挫傷《のうざしょう》で他に目立った外傷はない。

「真琴さんの方は、どうですか？」

説明が一通り終わったところで、八雲は真琴に視線を向けた。

「私……ですか？」

「ええ。例の小説家の件です」

――小説家とは、いったい何のことだろう？

石井は、疑問に思いながらも、敢《あ》えて口にしなかった。八雲のことだ。全く無関係なことは話題にしないはずだ。

「やはり、関係があるんですか？」

真琴が困惑した顔で聞き返すと、八雲が大きく頷《うなず》いた。

「ちょっと待て。お前ら、いったい何の話をしてる？」

後藤が堪《たま》らず口を挟む。

八雲は、いかにも面倒臭いといった感じで、髪をガリガリとかき回してから口を開いた。

「真琴さんは、時計塔に棲《す》む亡霊に、小説を書かされたという作家について、調べていたんです」

「なっ、何だと！」

後藤が、立ち上がりながら声を上げる。

石井は口にこそ出さなかったが、驚きを覚えたのは同じだった。

「あいつが、ぼくのところに持ち込んだ心霊現象も、時計塔がらみだった――」

それは、昨晩のうちに八雲から聞いていた。

だから石井たちは、大学内で死んだ人のことを調べていたのだ。

「ついでに言えば、今回の事件の被害者は、あいつに心霊現象の相談を持ち込んだ張本人です――」

「何！」

八雲がさらりと言った言葉に、後藤が敏感に反応した。

「デカイ声を出さないで下さい」

うんざりだという風に、八雲が表情を歪《ゆが》める。

「デカイ声も出したくなる。どうして、それを先に言わない」

「訊《き》かれませんでした」

「てめぇ……」

後藤が、拳《こぶし》を振り上げたので、石井は「まあまあ――」と慌てて宥《なだ》めにかかる。

その結果、とばっちりで拳骨《げんこつ》をもらうことになった。

「今回の事件は、全て時計塔を中心に回っています。事件の謎を解く鍵《かぎ》は、必ずそこにあるはずです——」

八雲が眉間に指先を当て、すっと目を細めた。

怖い表情ではあるが、石井はそこに希望を見出していた。

「よし！　晴香ちゃんの無実を証明するぞ！」

拳を突き上げる後藤を見て、八雲が呆れたようにため息を吐いた。

「バカなことを言わないで下さい。あいつが、犯行を行った可能性はあります」

「てめぇ！　まだ、そんなことを言うか！」

冷ややかに言う八雲に、後藤が怒りを滲《にじ》ませる。

石井も同じ気持ちだった。

——八雲は、晴香のことを信じていないのだろうか？

あれだけ一緒にいれば、晴香が他人を傷つけるような人ではないことくらい、分かるはずだ。

「頭を冷やして下さい。そうやって先入観を持って事件に臨めば、真相は見えなくなります」

「そんなことは分かってる。だが……」

八雲は、手を翳《かざ》して反論しようとする後藤を制した。

「いいえ。何も分かっていません。人は、時として思いもよらない行動を取るものです」

「あり得ない」

「どうして、そう言い切れるのですか？　前にもそういう事件があったでしょ。自分の意思とは関係なく、人を殺してしまった哀しい事件が……」

八雲の説明を受け、その場にいる全員が「あっ！」と声を上げた。

「いつわりの樹――」

石井が口にすると、八雲が大きく頷いた。

それぞれの思惑が複雑に絡み合い、起きてしまった哀しい事件――。

あのとき、幽霊に憑依《ひょうい》されたことで、自分の意思とは関係なく、人を殺してしまった人がいた。

「今回も、同じだって、そう言いたいのか？」

後藤が掠《かす》れた声で訊《たず》ねる。

「あくまで、可能性の一つです――」

そう言ったあと、八雲は視線を足許《あしもと》に落とした。

「でも、もしそうだったとしたら……」

真琴の言葉を、八雲が遮った。

「今は、考えるのは止めましょう。まずは事件の真相を究明する。それが先決です――」

八雲の提案には賛成だ。

だが、もし、晴香が幽霊に憑依された状態で、犯行を行ったのだとしたら、現状では彼女を救う手立てはない――。

そのことが、石井の心を深い闇の中に引き摺《ず》っていくようだった。

8

晴香は、窓のない小部屋の中にいた――。

部屋の真ん中にスチール製のデスクがポツンと置かれ、晴香はパイプ椅子に座っていた。

向かいには、二人の男が座っている。

二人とも刑事で、一人は篠田、もう一人は小野寺と名乗っていた。

――私は、なぜこんなところにいるんだろう?

晴香にはそれが分からなかった。

気付いたら、この場所に座っていた。信じられないことに、手首には手錠が嵌《は》められていた。

冷たい金属が、ひどく重く感じられた。

「それで、動機は何だ?」

足を投げ出すようにして座っている篠田が、ぶっきらぼうに訊ねて来た。

「え？」

何を言っているのか分からず、晴香は聞き返す。

「だから、動機だよ。なぜ、友だちを殺した？」

次々と飛び出してくる想定外の質問に、晴香は言葉を失った。

いきなり、友だちを殺した――などと言われても、何のことだかさっぱり分からない。

これまで、自分から誰かに暴力を振るったことすらない。それなのに――。

「理由を言え！」

篠田が、焦《じ》れたように言いながら、デスクをドンッと叩《たた》いた。そんな高圧的な態度に出られても、知らないものは、答えようがない。

「何かの間違いです」

晴香が、絞り出すように口にすると、篠田が「何？」と、険しい視線を向ける。

「ですから、何のことを言っているのか分かりません」

「分からないはずはないだろ！　いい加減なことばかり言ってると、女だからって容赦しねぇぞ！」

凄《すご》む篠田を、隣にいた小野寺が「まあまあ……」と宥める。

篠田は、いかにも不服そうに舌打ちをしたが、それ以上、何かを言って来ることはなかった。

「少し混乱しているんですね」

小野寺が、柔らかい口調で語りかけて来た。

「あの……何が起きてるんですか？　ここって取調室ですよね？　何で、私はここにいるんですか？」

晴香が矢継ぎ早に質問を投げかけると、刑事たちは困惑したように顔を見合わせた。

そんな顔をされても、おかしな質問をしたつもりはない。

「教えて下さい」

晴香は、身を乗り出すようにして訴える。

「あなたは、友人である小池花苗さんを、鉄パイプで殴打した。それは、覚えていますよね」

「私が、花苗を？」

「ええ」

小野寺が、大きく頷《うなず》いた。

なぜ、そんなことになっているのかという疑問もそうだが、それより花苗のことが気にかかった。

「花苗は？　花苗はどうなったんですか？」

「亡くなりました……」

「そんな……」

突きつけられた事実に、晴香は震えた。

花苗とは、同じゼミになったことで知り合った。だが、最初はこれといって話をしたりはしなかった。

花苗は積極的に周囲に話しかけるタイプではなかったし、晴香もそれは同じだった。

仲良くなったのは、三ヶ月くらいしてからだった——。

いつもは、歩いて帰るのだが、その日は雨が降っていたこともあり、正門脇にあるバス停に足を運んだ。

そのとき、花苗は屋根の付いたベンチに、一人座って本を読んでいた。

——同じゼミの娘《こ》だ。

くらいの感覚だったのだが、彼女が読んでいた本に見覚えがあった。

「巌窟王《がんくつおう》——」

晴香が、本のタイトルを口にすると、花苗が顔を上げた。

「よく知ってますね」

花苗が、戸惑ったような笑みを浮かべながら言った。

「え？　あっ、実は読んだことはないんだけど……」

晴香は、慌てて口にした。

そこから、ある心霊事件をきっかけに、八雲と「巌窟王」の単行本を探す羽目になったという話をすることになった。

花苗は、たいして面白くもないその話に、真剣に耳を傾けてくれた。

それからは、顔を合わせる度に、色々と話すようになった。

花苗の穏やかで、柔らかい空気感が、晴香はとても好きだった。変に気を遣うことなく、自然体の自分でいられる、数少ない相手だった。

それなのに——。

「あなたが、やったんですよね」

小野寺の声が、晴香の思考を遮った。

「私が？」

「はい。小池花苗さんを殺したのは、あなたですね」

「そんな……私が、そんなことするわけないじゃないですか……」

「でも、あなたが言ったんです」

「何をです？」

「全て私の責任だ——と」

小野寺の想定外の言葉に、気が遠くなるようだった。

そんなことを言った記憶はない。そもそも、自分がやったという認識すらない。それどころか、花苗が死んだことを知ったのは、たった今だ。

——何が起きてるの？

必死に頭を巡らせてみる。

最後に花苗に会ったのは、いつだっただろう？

そうだ。心霊現象の相談を受けて、そのあと、八雲と時計塔に行った。それから、もう一度、学食で花苗と会った。

一緒に心霊現象を体験した西澤に会ったのだ。そのあと、一緒にサンドイッチを食べて別れた——。

それから、提出物があって、サークルに顔を出して、八雲の部屋に寄って諸々、報告しようと思っていた。

八雲の部屋に向かう途中で、時計塔の前にいる花苗を見つけた。そのあとは——ダメだ。思い出せない。

考えれば考えるほどに、どんどんと意識が引き離されていくような気がした。

いや、違う。実際、自らの意識が暗い闇に呑《の》まれていく——。

——八雲君！ 助けて！

晴香は、心の内で必死に叫んだが、それは誰にも届かなかった——。

9

後藤は、改めて聳《そび》え建つ時計塔に目を向けた——。

明政大学には、数え切れないほど足を運んでいる。シンボルとして、この場所にずっと建っていたはずなのに、事件が起きるまで気にも留めなかった。

だが、人の印象などそういうものなのかもしれない。

何かが起きてから、初めてその存在に気付かされる。まさに、今の八雲がそうなのだろう。

隣に目を向けると、八雲が時計塔を見上げてじっと佇《たたず》んでいた。

「大丈夫なのか？」

後藤が訊《たず》ねると、八雲はわずかに目を細めた。

「何がです？」

八雲が惚《とぼ》けた口調で聞き返してくる。

「何が――じゃねぇよ。おれは、お前を心配しているんだよ」

さっき、言い合いをしたときの八雲は、明らかに様子がおかしかった。

石井と真琴が来たことで、一旦《いったん》は落ち着きを取り戻したかのように見えるが、後藤の不安が消えたわけではない。

しっかりと気持ちの整理をつけて、事件に臨んでいるのかが分からない。

「単細胞の熊に心配されるほど、弱ってはいませんよ」

口ではそう言っているが、内心では、かなり疲弊しているように思える。

「強がるなよ」

「強がってなどいませんよ。ぼくからしてみれば、後藤さんの方が心配です」

「あん？」

「いつから、あんな暴力的になったんですか？」

「そうさせたのは、お前だろうが！」

「責任転嫁ですか？　大人げないですね」

八雲がおどけたように、肩を竦《すく》めてみせた。

ひっぱたいてやろうかと思ったが、止めておいた。そんなことをしようものなら、あとで何を言われるか分かったものではない。

「そんなことより、行きますよ」

八雲は、そう告げると時計塔に向かって真っ直ぐに歩き始めた。

時計塔は未《いま》だ〈立入禁止〉と書かれた黄色いテープで囲まれていたが、見張りの警察官の姿はなかった。

八雲と一緒にテープを潜り、時計塔に歩み寄っていく。

ふと、昨晩の光景がフラッシュバックする。

テープの前で、八雲は見張りに立った制服警官と揉《も》み合いになった。八雲が、あんな風に取り乱すのは本当に珍しいことだ。

もしかしたら、何かを察していたのかもしれない。

こんなことになるなら、あのとき無理矢理にでも、八雲を連れて現場に行けば良かったと思う。

「事件当時、この扉の鍵《かぎ》は閉まっていたんですか？」

八雲の質問が、後藤の思考を遮った。

はっと目を向けると、八雲が時計塔の正面にある扉の前に立っていた。

「多分閉まっていた」

「曖昧《あいまい》な言い方は止めて下さい」

八雲がピシャリと言う。

「重要なことなのか？」

「重要かどうかを判断するためにも、正確な情報が必要なんです」

こういうときの八雲は、正直、後藤などよりよほど刑事っぽく見える。

「分かったよ」

後藤が頷《うなず》くと、八雲はスタスタと裏手に向かって歩いて行く。

すぐに後藤もあとを追いかける。

裏手に回ると、鉄製のドアが見えた。錆《さ》び付いていて、いかにも古そうなドアだ。

八雲が、ゆっくりとドアを開けた。

昼間だというのに、中は闇に包まれていた――。

八雲は、ポケットからペンライトを取り出し、中を照らす。

それほど大きくないドアだ。その上、後藤は八雲の背中越しなので、中の様子がよく分からない。

八雲は、何かを考えるような素振りを見せたあと、中に入って行く。

後藤もそのあとに続いた。

八雲は無言のまま、時計塔の階段を上り始める。

十五メートルほどの高さの時計塔の内部を、つづら折りに階段が続いている。黙々と階段を上り、最上部の部屋に到着したときには、すっかり息が切れていた。

「もうバテたんですか？」

八雲が、厭《いや》みったらしく訊ねて来る。

「うるせぇ。これくらい、どうってことねぇよ」

後藤は、額の汗を拭《ぬぐ》いながら吐き捨てた。

最上部の部屋は、想像していたより、ずっと狭かった。机やら椅子。それに、何だか分からない古い機械のようなものが乱雑に置かれているせいかもしれない。

ゆっくりと部屋の中を見回した八雲は、階段の脇に目を留めた。そこには、赤黒く変色した血痕《けっこん》が残っていた。

血痕は、かなりの範囲に広がっていて、出血量が多かったことが分かる。

八雲は屈み込んでそれをつぶさに観察する。

「何か分かったか？」

「何も……」

ぶっきらぼうに言った八雲は、次に姿見の前に歩み寄り、じっくりとそれを観察する。

だいぶ古いもののようで、鏡面に埃《ほこり》がついている。

しばらく鏡を見ていた八雲だったが、やがて興味を無くしたのか、壁面にある窓に歩み寄る。

窓ガラスも、鏡に負けず劣らずの汚れようで、はっきりと外の景色を窺《うかが》うことはできなかった。

八雲は内鍵を外し、観音開きの窓を押し開けた。

一気に外の冷たい空気が流れ込み、部屋の中の黴臭《かびくさ》く澱《よど》んだ空気と混じり合う。

「多分、この窓なんです――」

八雲が呟《つぶや》いた。

「何がだ？」

「後藤さんに調べてもらったでしょ。時計塔から飛び降り自殺した女性がいるって――」

そうだった。晴香の事件があまりに衝撃的であったので忘れていたが、そもそも、後藤たちが八雲の許《もと》を訪れたのは、そのことを伝えるためだった。だが――。

「なぜ、その窓だと分かるんだ？」

「資料に書いてありました。ちゃんと、読んで下さい」

見落としていたのは後藤の落ち度だが、言い方が気に入らない。文句の一つも言ってやろうかと思ったが、止めておいた。

どう頑張ったところで、八雲に口喧嘩《くちげんか》で敵《かな》うはずがない。

「一つ、訊《き》いていいですか？」

しばらく窓の外を眺めていた八雲が、訊ねて来た。

「何だ？」

「後藤さんは、なぜ根拠もなく人を信じられるんですか？」

八雲の質問に、すぐに答えることができなかった。

なぜ、八雲がそんなことを気にするのかが分からなかった——というのもあるが、何よりどう答えていいか分からなかったからだ。

「知らねぇよ」

「答えになっていません」

八雲が、すかさず突っ込んでくる。

確かに今のだと、何の答えにもなっていない。だが——。

「なぜ、人を信じるかなんて、おれにも分からねぇよ。そもそも、人を信じるのに、根拠が必要か？　信じるか、信じないかなんてのは、感覚の問題だろうが」

それが率直な答えだった。

今まで、誰かを信じるのに、その理由なんて考えたことはない。それは、頭で考えることではなく、心が決めることなのだと思う。

「単純でいいですね……」

八雲は、そう言うと身体をこちらに向け、窓の縁に腰かけるようにして笑みを浮かべた。

心にぽっかりと穴が空いたような、哀しげな笑いだった。

「お前は、まだ信じてないのか？」

「何がです？」

「晴香ちゃんのことだ――」

後藤がその名を口にすると、八雲は笑いを引っ込め、わずかに俯《うつむ》いた。影の差したその顔には、べったりと苦悩が貼り付いている。

やはり、八雲はまだ気持ちの整理がついていないのだろう。

「正直、分かりません。ぼくは、あいつのことを知らな過ぎるんです――」

八雲の声が、いつになく弱々しかった。

さっきは、感情に任せて騒ぎ立ててしまったが、今なら八雲の苦しみを受け止めることができる。

おそらく、八雲は今回のことで、激しい後悔を抱えているのだ。

――なぜ、もっと晴香と話をしておかなかったのか？

晴香のことを、何一つ知ろうとせず、いることが当たり前のように思っていた。そんな自分を責めているのだ。

「知ってるだろ」

「いいえ。何も知りません……だから、迷いが生まれるんです……」

八雲が、そう言ったあとに下唇を噛《か》んだ。

「だったら、これから知っていけばいいだろう」

「それでは遅いんです……」

苦虫を噛み潰《つぶ》したみたいに、八雲の表情が歪《ゆが》む。もう事件は起きてしまった——そう言いたいのだろう。

「遅くはないさ。それに、相手のことを知ることと、信じることは、別の話だ」

「同じです。相手の情報があれば、その思考パターンが解析できる」

八雲の言いように、後藤は思わず笑ってしまった。

「何がおかしいんです？」

少しむくれたように、八雲が訊《たず》ねて来る。

「何がパターンだ。人間の心をデータみたいに言うんじゃねぇ。そんなもんで、他人の感情が分かるわけねぇだろ。お前自身が言っていたんだぜ。人間は、ときとして思いもよらない行動を取るって——」

「何が言いたいんです？」

八雲が、窓の縁から尻《しり》を持ち上げながら訊ねて来る。

「要は、考え過ぎなんだよ。どこで、何をしていようが、職業が何だろうが、人の根っこは変わらねぇんだよ」

「頭の悪い答えですね——」

八雲が、小バカにしたような流し目を向けて来る。

そんな態度も、今は不思議と腹が立たなかった。案外、可愛いところがあるとすら思える。

「そうさ。だから言ってんだろ。お前は、考え過ぎだって。晴香ちゃんに、どんな友だちがいようが、何が好きだろうが、彼女は彼女だ」

「そんな単純な理屈で、裏切られたことはありませんか？」

八雲が、訊ねて来た。

「あるさ――」

後藤は、力を込めて答えた。

これまで人を信じて、裏切られたことは、一度や二度じゃない。思い出したくもないような出来事が、ごまんとある。

「だったら、学習したらどうです？」

「学習した上で、おれは人を信じてるんだ。お前のこともな――」

「ぼくも、後藤さんを裏切るかもしれませんよ」

「そんときは、そんときだ」

後藤が、肩を竦《すく》めるようにして言うと、八雲がふっと笑った。

「本当に単純なんですね」

「否定はしねぇよ」

後藤が口にすると、八雲は再び窓の向こうに視線を向けた。

代わり映えのしない景色を眺めながら、八雲が何を考えているのか、後藤には分からなかった。

だが、少なくとも、前に進もうという気になっているのだろう。

今はそれでいい。いつか、八雲にも、無条件に誰かを信じることができる日が来るはずだ。

「そろそろ行きますか——」

八雲は唐突にそう言うと、くるりと踵《きびす》を返した。

「行くってどこに？」

訊ねる後藤を無視して、八雲はさっさと階段を降りて行ってしまった。

——本当に勝手な野郎だ。

10

真琴が訪れたのは、大学内にある恩田の研究室だった——。

事前に連絡を入れると、連日の訪問であるにもかかわらず、恩田は快く時間を作ってくれた。

とはいえ、今回は小説の話ではなく、事件のことを訊《き》こうとしている。昨日より、気分が重くなっている。

真琴は、深呼吸をしてからドアをノックして部屋に入った。

「よく来たね――」

恩田は、笑顔で出迎えてくれた。真琴は、促されるままに、恩田の斜め向かいにある椅子に腰掛けた。

「お忙しいところ、申し訳ありません」

真琴が口にすると、恩田は「気にしなくていい」と笑顔で応じた。

「実は、今日お伺いしたのは、昨晩の事件のことで……」

真琴がそれを口にすると、恩田の顔からさっと笑みが引いた。

当然の反応だろう。被害者の小池花苗は、文芸サークルの学生だった。それほどかかわりがなかったとはいえ、面識くらいはあったはずだ。

「どうして、こんなことになったんだろうね……何と言っていいか……」

恩田が、椅子の背もたれに身体を預け、天井を見上げた。

かなりのショックを受けているようだ。

「被害者の小池さんとは、親しかったんですか？」

真琴が訊ねると、恩田は姿勢を正し、真琴に顔を向けた。

「警察にも、同じことを訊かれたよ」

「警察が？」

一瞬、驚きはしたが、警察が被害者の身辺の聞き込みをするのは、当然のことだ。

「できれば力になりたいんだが、私はサークル内での彼女しか知らない。あまり答えられることはないよ」

「それで構いません」

真琴が頷《うなず》くと、恩田は咳払《せきばら》いをしてから、話を始めた。

「正直、あまり目立たない学生だったね。昨日も話した通り、文芸サークルは、定期的に小説雑誌を発行している。だから、サークルに所属する学生は、基本的には書くことが好きなんだ。でも……」

恩田が、言い澱《よど》んだ。

だが、その先は言われなくてもだいたい想像が付く。

「あまり、積極的に参加するタイプではなかったんですね」

「私には、そう見えた。彼女は、三年所属しているが、一度も雑誌に掲載する原稿を書いたことがないんだ」

それは確かに不自然だ。

真琴自身、記事を書いているので分かるが、誰にでも簡単に書けるものではない。向き不向きがあるのだ。

サークルに入会してから、書くことに向いていないと気付いた——と考えてみたが、これも不自然な気がする。

もし、そうなら、辞めればいいだけだ。

ゼミや授業はそう簡単にはいかないが、サークルならいくらでも辞められたはずだ。

「なぜ文芸サークルに所属し続けてたんでしょうね？」

真琴は、独り言のように言った。

「なぜだろうね。私にも、分からないな。こちらから話しかけてやれば良かった……」

恩田の言葉には、後悔が滲《にじ》んでいる。

こういうところが、恩田が他の教員と違うところだ。学生を一括《ひとくく》りにして見ないで、個人として認識して向かい合っている。

その中で、自分に何ができるのかを考え、実行するタイプなのだ。

「まさか、こんなことになるとはね……本当に残念でならない……」

恩田が祈るように、両手を合わせた。

社交辞令のようなものではなく、そこには実感がこもっていた。

「あの……もう一つ、お訊きしたいんですが……」

真琴は、迷いながらも口にした。

「何かな？」

「文芸サークルに、西澤さんという学生も所属していますよね」

「ああ。四年生だったかな」

「西澤さんと、小池さんは親しかったんですか？」

これは、八雲に訊けと言われた質問だ。

晴香に時計塔で起きる心霊現象について、相談を持ちかけたのは花苗だった。そして、花苗と一緒に心霊現象を体験し、憑依《ひょうい》したという疑いがかけられていたのが西澤だ。

「どうだろう。それなりに親しかったと思うよ」

「恋愛関係とか、そういう感じでしたか？」

真琴が訊《たず》ねると、恩田は困ったように眉《まゆ》を下げた。

「生憎《あいにく》、そういうのには疎いんだ。そうだったかもしれないし、そうじゃなかったかもしれない——としか言いようがないね」

恩田は准教授にしてはまだ若い。だが、それでも四十代前半だ。二十歳も離れた学生の恋愛事情までは関与していなくて当然だ。

「そうですよね——他に、小池さんと親しい人はいましたか？」

「親しい人？」

「ええ」

「そうだな……あっ、そうだ。それこそ、昨日話題に出た、桜井君とは、割りと親しかったとは思う」

——桜井樹。

学生にして小説家デビューした、期待の新鋭。

「どんな風に、仲が良かったんですか？」

「どうと言われると難しいけど、まあ普通に仲が良かったと思うよ」

今回の事件が、八雲の言うように、時計塔を中心に起こっているのであれば、時計塔の亡霊に小説を書かされたと証言する桜井は、何かしらの形で関与しているように思えてならない。

だが、現段階で先入観を持つのは危険だ。

それに、今の話を聞いて、ふと疑問に思ったことがある。

「逆に西澤さんと、小池さんが、話し込んでいる姿は見かけましたか？」

「どうだろう？　あったかもしれないが、印象に残っているのは、桜井君の方かもしれないな……」

「そうですか。ちなみに、桜井さんと西澤さんは、仲が良かったんですか？」

真琴が訊ねると、恩田は困ったような表情で、首の後ろに手をやった。

「あの二人はね……考え方が違うんだよ」

「どう違うんですか？」

「桜井君は、感覚で物事を捉《とら》えるタイプなんだが、西澤君はその逆で、理屈を積み重ねるんだ。だから、好きな作品も違うし、いつも意見が食い違う」

「揉《も》めたりしていたんですか？」

「そういうことも、何度かあったね。その度に、私が呼び出されて仲裁に入るんだが、二人ともなかなか頑固で……」

恩田は、苦笑いを浮かべた。

この反応からして、何度か――というレベルではなく、頻繁にそういうことがあったのかもしれない。

もしかしたら、二人の間の軋轢《あつれき》が、今回の事件に何か関連しているのかもしれない。

「これは、今回の事件に、何か関係があるのか？」

恩田の疑問が、真琴の思考を断ち切った。

「いえ、それは……」

「桜井君や、西澤君を疑っているのか？　犯人は、もう捕まったと聞いているが……」

確かに、今のような聞き方をしたら、まるで桜井や西澤を疑っているように聞こえてしまうだろう。

「いえ、そんなことはありません」

真琴は、慌てて否定しながら、自らの言動を悔いた。

先入観を取り除いて、公平に情報を集めるつもりが、いつの間にか偏ってしまったようだ。

晴香は、犯人ではない――という思い込みが、そうさせたのかもしれない。

誰かを信じるということは、こういった偏りを生む危険を秘めている。人としては、信じるべきなのだろうが、事件の真相を究明しようとする場合は、やはり偏りは排除すべきなのだろう。

もしかしたら、これが八雲の迷いの正体なのかもしれない――。

11

石井は、大学の正門脇にある警備員の詰め所を訪れた――。

正門からの出入りがよく見えるように、大きな窓が設置されていて、カウンターと椅子が置かれている。

簡易的な仕切りがあり、その奥が休憩スペースになっていて、テーブルと椅子が置かれていた。

石井が通されたのは、その休憩スペースだった。

椅子に座って待っていると、二十代半ばと思われる、紺の制服を着た男が入って来た。

「どうも。世田町《せたまち》署の石井と申します――」

石井は一度立ち上がり、警察手帳を提示する。

「瀬尾《せお》です――」

瀬尾と名乗った男は、帽子をかぶったまま軽く会釈する。

あまり好意的な態度とはいえない。

「それで、事件当日のことをお伺いしたいのですが……」

お互いに椅子に座ったところで、石井はメモ帳を取り出してから切り出した。

瀬尾は、事件の目撃者で、警察に通報した人物でもある。そのときの状況を、改めて確認するために、こうやって時間を取ってもらったというわけだ。

「もう、警察には全部喋《しゃべ》りました。こう何度も来てもらっても……」

瀬尾がモゾモゾとした口調で言う。

どうやら、何度も警察から事情聴取を受けたことで、半ば嫌気が差しているのだろう。態度の悪さも、仕方ないのかもしれない。

だが、ここで退き下がるわけにはいかない。

晴香の無実を証明するためにも、できるだけ多くの情報を集めなければならない。

「すみません。でも、重要なことなんです」

「はあ……」

瀬尾は、気のない返事をする。

「事件のあった日、瀬尾さんはなぜ時計塔に行ったんですか？」

「なぜって……最終確認の巡回ルートだからですけど……」

瀬尾は、目を擦《こす》りながら答える。

おそらく、昨晩は遅くまで警察からの事情聴取を受け、相当に眠いのだろう。申し訳ない気持ちが強くなるが、それでも聞かなければならない。

「巡回ルートには、時計塔の中も含まれているんですか？」

「いえ、そういうわけじゃないんですけど……」

「何でしょう？」

「昨晩も言いましたよ。近くを通ったら、女の人の悲鳴みたいなものが聞こえたんです」

瀬尾が、ハンカチで額の汗を拭《ぬぐ》う。

「具体的に、どういう感じで聞こえたんでしょうか？」

「どうって……言葉では説明し難《にく》いですね。きゃーとか、いやーとか、そんな感じの声だったと思いますよ」

「それで、瀬尾さんはどうしたんですか？」

「妙だな——と思って、時計塔の方に足を運んだんです。そしたら、物音が聞こえたので……誰かいると思って中に入ったんです」

そう言って、瀬尾は鼻の下を擦った。

警備員として、悲鳴のようなものが聞こえたら、確認に行くのは当然のことだろう。

だが——。

「一人で行ったんですか？」

「ええ」

瀬尾は、さも当然のように答える。

「誰か呼ぼうとは、思いませんでしたか？」

もし、石井が同じ立場だとしたら、とてもではないが、一人で様子を見に行こうとは思えない。

「そのときは、はっきり悲鳴だって認識したわけじゃありませんし、それに、大学のキャンパスは広いんです。みんなバラバラに確認作業をしています。いちいち呼びに行っていたら、どれくらい時間がかかるか、分かったものじゃないです」

確かに瀬尾の言う通りかもしれない。

明政大学は、広大な敷地を持っていて、そこに建物が点在している。起伏も多いし、いちいち呼び出したりしていたら、相当に時間がかかるだろう。

「そうですか――。それで、時計塔には、どこから入ったんですか？」

「裏口です」

「なぜ、わざわざ裏から？」

警備員は鍵《かぎ》を持っているはずだ。正面の扉から入った方が効率的なように思える。

「最初は、入るつもりは無かったんです」

「そうなんですか？」

「どうせ、学生が残って騒いでいるだけだろうと思っていたので、時計塔をぐるっと回って、確認だけして帰ろうと思ってたんです」

「では、なぜ入ったんですか？」

石井が訊《たず》ねると、瀬尾はこれみよがしにため息を吐いた。

「刑事さんは、おれのこと疑ってるんですか？」

「いえ、別にそういうわけでは……」

慌てて否定したものの、瀬尾の怒りは収まってはいないようだった。

「昨晩もそうですけど、おれは通報しただけっすよ。それなのに、細かいことを、ああだこうだって……」

「すみません……」

石井は、苦い顔で頭を下げた。

こういう反応をされるのは、何も瀬尾に限ったことではない。

警察としては、事件の真相を明らかにするために、仔細《しさい》に至るまで、細かく確認していく。

だが、それを疑われている——と受け止める人も少なからずいる。

石井自身が同じことをされたら、やはりそう感じることもあるかもしれない。とはいえ、ここで質問を止めるわけにはいかない。

「別に疑っているわけではありません。ですが、事件捜査には、どうしても必要なことなんです。あと少しだけ、ご協力頂けないでしょうか？」

改まって石井が言うと、瀬尾は深いため息を吐いた。だが、席を立とうとはしなかったので、それを了承と判断した。

「裏口のドアは、開いていたんですか？」

石井が訊ねると、瀬尾が顎《あご》に手を当て、考えるような素振りを見せる。

「そうですか。それで、どうしたのですか？」

「懐中電灯を点《つ》けて、中に入ったんです。そしたら、上の部屋から人の言い争うような声がしたんです。それで、階段を上がって行きました。そこで……」

そこまで言ったところで、瀬尾は言葉を切った。

石井はゴクリと喉《のど》を鳴らした。この先を知りたいという願望はある。だが、同時に、知りたくないという願いもあった。

なぜ、そんな風に思うのかは明白だ。

石井は未《いま》だに、心のどこかで何かの間違いであると思っている。晴香が、人を傷つけることなどない——と。

しかし、瀬尾の口から出る言葉を聞いてしまえば、もう後戻りができなくなる。信じていたものを、無残にも壊されるのではないかという恐怖なのだろう。

「女の人が鉄パイプで、もう一人の女の人を、殴りつけるところだったんです——」

瀬尾が言った。

それを聞いた瞬間、石井の頭の中は真っ白になり、しばらく呆然《ぼうぜん》としていた。

瀬尾が、何かを喋っていたが、耳には入って来なかった。

真実を追い求めた先に、晴香の無実があると信じていたが、その結果、彼女の犯行を裏付ける証拠が突きつけられた。

晴香は、いったいなぜ、花苗を鉄パイプで殴るような暴挙に出たのだろう？

いくら考えても、石井にはその答えが見出せなかった。

12

後藤が八雲と一緒に向かったのは、大学のキャンパスの北側——時計塔から歩いて十分ほどのところだった。

明政大学に足を運ぶときは、いつも八雲の隠れ家であるプレハブに直行だった。まさか、これほどの広さの敷地があるとは、思ってもみなかった。

しかも勾配《こうばい》がきつく、なかなかしんどい道程だった。

八雲が、三階建ての建物の前まで来たところで、足を止めた。

「で、ここは何が入ってるんだ？」

後藤は建物を見上げながら訊ねる。

最近になって建てられたものらしく、コンクリート造りの、比較的新しいものだった。

「ここは、サークルや部活の拠点となる部屋が入っています」

「それだけか？」

「それだけです——」

八雲の答えを聞き、後藤は思わず舌打ちをした。

サークルのためだけに、これだけの建物を建ててしまうとは——八雲の使っているプレハブとは大違いだ。

「お前も、こっちに移ったらどうだ？」

後藤が口にすると、八雲は小さく首を振った。

「ぼくは、騒がしいところは嫌いなんです」

別に騒がしくはないと思うが——訊ねようとしたが、八雲はさっさと中に入って行ってしまう。

後藤は「まったく……」とぼやきながらもあとに続く。

建物に入った後藤は、八雲の言う「騒がしい」の意味をすぐに悟った。

入ってすぐは、広いラウンジになっていた。そこに置かれたソファーにだらしなく座り、アコースティックギターを弾いている男子学生がいた。二人の女子学生が恍惚《こうこつ》の表情で、それに聞き入っている。

少し離れた場所では、六人の男女が、歓声を上げながら何かのゲームに興じていた。

さらに、ノートパソコンで何かの作業をしている学生や、追いかけっこをしている男女の姿も見受けられた。

「確かに、騒がしいな……」

「そういうことです」

八雲は、喧噪《けんそう》を尻目《しりめ》に階段を上っていく。

「で、お前はどこに行こうとしてるんだ？」

後藤が、あとを追いかけながら訊ねると、八雲が階段の途中で足を止めた。

「分からないでついて来たんですか？」

八雲が、呆《あき》れたように大げさにため息を吐く。

「お前が説明しねぇからだ」

「どういう言いがかりですか？」

「うるせぇ。いいから説明しろ」

「ついて来れば分かります」

八雲は、再び階段を上り始めた。

こうなると、何を言おうと答えないだろう。後藤は、諦《あきら》めて八雲のあとに続く。

二階の廊下には、カラオケボックスのように、小窓の付いたドアが整然と並んでいた。

八雲が言っていたように、サークルの拠点となる部屋なのだろう。

ドアに掲げられたプレートを見て、後藤は八雲の目的を知った。

奥から二番目のドアに〈文芸サークル　時計塔〉という文字が確認できた。確か、被害者の花苗は、文芸サークルに所属していたはずだ。

八雲が、目当ての部屋のドアをノックする。

しばらくして、色白で、ほっそりとした長身の青年が、顔を出した。

髪がボサボサで、切れ長の目は、いかにもインテリ然としていて、どことなく、八雲に雰囲気が似ている感じがした。

「こちらに、西澤さんという方はいますか？」

八雲が淡々とした調子で訊ねると、顔を出した青年は「おれだけど……」と怪訝《けげん》な表情を浮かべながらも答える。

「あなたが、西澤さんでしたか。ちょうど良かった。少し、話をさせてもらえませんか？」

そう言いながら、八雲はずいっと中に入ろうとする。

西澤は、「ちょっと」と八雲を押し戻す。

「いきなり押しかけて来て、何なんですか」

西澤の言い分は、もっともだ。

いつもの八雲なら、そういうところは上手くやるはずなのに、少しばかり強引だ。

「ぼくは、斉藤八雲といいます。小池花苗さんから、時計塔に出る亡霊について、相談を受けていました――」

「ああ。あの話か……どうぞ。今、ちょうど誰もいないから……」

西澤は、納得したのか、ドアを大きく開けて中に入るように促した。

後藤は八雲と頷《うなず》き合ってから部屋の中に入る。広さは十畳ほどあるだろうか。八雲が使っている部室より広いし、新しいので綺麗《きれい》だ。

部屋の真ん中にはテーブルが置かれ、壁面には、びっしりと本が詰まった書棚が並んでいる。

「そっちの人は？」

西澤が、後藤に目を向けた。

身分を名乗ろうとした後藤だったが、八雲がそれを制した。

「この人は、こう見えて名の通った霊媒師なんです」

八雲が顎で指すようにして言った。

警察だと名乗らない方が、情報を引き出せると判断してのことだろうが、よりにもよって霊媒師とは――不満を抱きながらも、後藤は「うむ。後藤と申す」と、それっぽく見えるように鷹揚《おうよう》に頷いた。

「まさか、こんなことになるとは……」

テーブルを挟んで座ったところで、先に切り出したのは西澤だった。

その声には、悔しさが滲《にじ》んでいる。

「そうですね……」

八雲が、少し目を伏せながら応じた。

「昨日、会ったときには、あの娘《こ》が花苗ちゃんを殺すなんて、思ってもみなかった……」

そう言って、西澤が小さくため息を吐いた。

すでに晴香が殺したと決めてかかっている西澤に、腹は立ったがぐっと堪《こら》えた。今ここで後藤が騒ぎ立てれば、情報が入手できなくなってしまう。

「昨日、二人に会っていたんですか？」

八雲の方は、特に気にした風もなく、淡々とした調子で訊《たず》ねる。

「花苗ちゃんに呼び出されて学食で……そこで、おれが幽霊に憑依《ひょうい》されているって話をされたんだ。幽霊に詳しい人がいるから、一度会って欲しいって……」

西澤の話を聞き、後藤は、そういう経緯があったのか——と今さらのように納得する。

「でも、結局、ぼくのところには来ませんでした」

八雲が、鋭い視線を西澤に向ける。

「断わったんだよ。おれ、別に幽霊に憑依されているわけじゃないから——」

「そのようですね」

「へ？」

八雲の言葉が想定外だったらしく、西澤が素《す》っ頓狂《とんきょう》な声を上げる。

「ぼくには死者の魂——つまり幽霊が見えるんです」

「それ、本気で言ってる？」

「ええ。信じないなら、それでも構いません。まあ、何にしても、あなたには幽霊は憑依していないようですね」

「やっぱりそうだよね」

死者が見えるということを、信じたか否かは不明だが、西澤は乾いた笑い声を上げ、ふっと哀しげな表情を浮かべた。

「憑依の件は別にして、実際、時計塔で幽霊は見ましたか？」

八雲が訊ねると、西澤は一瞬、戸惑った表情を浮かべる。

「あのときは、見たって言ってしまったけど、あとになって考えると、それっぽい何か
――だった気がしてるんだよね」

「つまり、はっきりは見ていない？」

「うん。だから言ったのに……」

西澤が呟《つぶや》くように言った。

「何をです？」

八雲が訊ねる。

「いや、花苗ちゃん、おれのことを心配していたみたいなんだけど、勘違いだって何度
も言ったんだ。それなのに……」

西澤の言葉には、悔しさが滲んでいた。

わずかではあるが、その目には、涙が浮かんでいるようだった。

「それから、花苗さんとは会っていないんですか？」

「あれが最後だった――」

西澤は目を固く閉じ、洟《はな》をすすった。

様々な後悔が渦巻いているのだろう。あのとき、自分がちゃんと話を聞いていれば、

事件は起きなかったかもしれない——とすら感じているのかもしれない。

「失礼ですけど、花苗さんとはどういった？」

八雲が口にしたのは、後藤が思ったのと同じ疑問だった。

「どうとは？」

「サークルの後輩——というだけですか？　それとも、個人的な付き合いがあったんですか？」

八雲の質問に、西澤は表情を歪《ゆが》めた。

「想像してるようなことは、何もないよ。おれより、桜井の方が仲が良かったし……」

「桜井樹さん——ですか？」

「ああ」

桜井の名前が出るなり、西澤の表情に嫌悪感が滲み出て来た。

口では言わずとも、二人の仲が険悪なものであることは、容易に想像がついた。

「桜井さんは、花苗さんと交際していたんですか？」

「どうだろう？　そういう話は、一切してないから……話は変わるけど……」

そこまで言ったところで、西澤が言い澱《よど》んだ。

「何です？」

八雲がずいっと身を乗り出して訊ねる。

西澤は、逡巡《しゅんじゅん》した素振りを見せたあと、絞り出すように言った。

「小沢さんって娘のこと、あんま知らないし、おれが言うことじゃないけど、花苗ちゃんを殺したのは、あの娘じゃないような気がする……」

その言葉は、衝撃となって後藤の中を駆け抜けた。

「そう思う根拠は何ですか？」

八雲が訊ねると、西澤は苦い顔をした。

「だから、根拠なんてないよ。ただ、そんな気がしているってだけ……」

西澤はそう答えると、窓の外に目を向けた。

本当に、ただの感覚でそんなことを言っているのだろうか？

「何か心当たりがあるんじゃないんですか？」

後藤が感じたのと同じ疑問を、八雲が西澤にぶつけた。

「別に、これといった何かがあるわけじゃないよ。でも……前も似たようなことがあったから……」

西澤の声は、わずかに震えているようだった。

「前とは――水原紀子さんが自殺したことですか？」

八雲の言葉に、西澤は目を丸くした。

「知ってるの？」

「ええ。ぼくは時計塔に彷徨《さまよ》っていたのは、彼女の幽霊だと思っているんです」

八雲が言うと、西澤は小声で何かを呟いた。

何と言っていたのか、はっきり聞き取れなかった。何度か聞き返したが、西澤は「何も……」と否定するばかりだった。

13

石井は存在感を誇示するかのように建つ、時計塔を見上げた——。

掲げられた時計の針は止まり、すでにその役目を果たしていないが、それでも大学のシンボルであることに変わりはない。

今まで気にも留めていなかったこの時計塔が、こうも威圧感を放って見えるのだから不思議だ。

そこで、何があったのかを知ることで、感じ方が違うのだろう。

「ボケッとすんな」

いきなり、後ろから頭をひっぱたかれた。

振り返るまでもなく、誰なのかは分かった。

「ご、後藤刑事……」

石井は、頭を押さえながら声を上げる。

後藤の隣には、八雲の姿もあった。普段は、飄々《ひょうひょう》としながらも、鋭い眼光を放っている八雲だが、今は酷《ひど》く頼りなく見える。

無理して無表情を装ってはいるが、その内面が激しく揺さぶられているのが、ひしひしと伝わってくる。

それは何も八雲だけではない。

石井も、未《いま》だに揺れている。晴香を信じよう——そう決意したはずなのに、ことあるごとに揺らぐのだ。

「で、どうだったんだ?」

石井の考えを遮るように、後藤が訊ねて来た。

「え、あ、はい……」

石井は咳払《せきばら》いをして気持ちを切り替え、シルバーフレームのメガネを指先で直してから口を開いた。

警備員の瀬尾から聞き出した話を、仔細《しさい》にわたって説明する。

彼の話では、晴香が花苗を殴る瞬間を、はっきりと見ている。つまり、どんな理由があろうとも、晴香が鉄パイプで花苗を殴った——というのは事実のようだ。

そのことが、石井の中の迷いの一番大きな要因だった。

「あり得ねぇ」

後藤が、低くドスの利いた声で言う。

石井だってそう思いたい。だが、こればかりは、願望だけではどうにもならない。

「し、しかし……」

「しかしも、へったくれもあるか！　そいつは嘘を吐いてんだ！　そうに決まってる！」

後藤が喚《わめ》き散らす。

「なぜ、警備員は、わざわざそんな嘘を吐いたんですか？」

八雲がポツリと言った。

「それは……」

後藤の勢いが一気に萎《しぼ》んでいく。

石井も同感だった。警備員の瀬尾には、嘘を吐く理由がない。晴香が無実であると信じたいという願望だけで、証言を嘘と決めつけてしまっては、それこそ真実を明らかにすることはできない。

「そうなると、考えられる可能性は一つですね——」

石井が口にすると、後藤と八雲の視線が一斉に向けられる。

そのことに妙に緊張してしまい、思うように次の言葉が出て来なかった。

「石井さんの考えを聞かせて下さい」

八雲から意見を求められるのは、本当に珍しいことだ。

おそらく、今回の事件のせいで、自分の考えに自信が持てなくなっているのかもしれない。

とはいえ、自分の意見を口にするのは憚《はばか》られた。石井が抱いた推論には、決定的な問題があるからだ。

「さっさと言え」

後藤に頭をひっぱたかれた。

「あの時計塔には、幽霊が出るという噂があったんですよね。もしかしたら、晴香ちゃんは、その幽霊に憑依《ひょうい》されて被害者を……」

そこまで言ったところで、石井はゴクリと喉《のど》を鳴らして息を呑《の》み込んだ。さっき、八雲が口にしていた可能性の一つだ。

今になって、それが現実味を帯びて来たような気がしている。

石井にとっても、思い入れの深い「いつわりの樹」の事件のとき、同じようなことが起こっている。

「バカ野郎！　それじゃ、晴香ちゃんのえん罪を晴らせねぇじゃねぇか！」

後藤が怒声を上げる。

そうなることは、分かっていたし、それこそが石井の推論の一番の問題点なのだ。

もし、晴香が幽霊に憑依された上で犯行を行っていた場合、彼女のえん罪を晴らすことは不可能だ。

現在の警察も裁判所も、幽霊に憑依されての犯罪など、認めるはずがない。たとえ、それが事実だとしても——だ。

「まだ、あいつがえん罪と決まったわけではありません……」

そう口にしたのは、八雲だった。

石井は、驚きの視線を八雲に向ける。後藤も、気持ちは同じだったらしく、唖然《あぜん》とした顔で八雲を見ていた。

「お前……」

言いかけた後藤の言葉を、八雲が遮る。

「何度も、同じことを言わせないで下さい。あらゆる可能性を考慮しなければ、真相はねじ曲げられてしまいます」

後藤が、淡々と話す八雲の胸ぐらを摑《つか》み上げた。

「てめぇ！　信じたんじゃなかったのかよ！」

「誰がそんなことを言いました？」

八雲は、平然と口にする。

「じゃあ、何で調べてんだよ！　晴香ちゃんのためじゃなかったのかよ！」

後藤は顔を真っ赤にして詰め寄るが、一方の八雲は相変わらず平然としている。

しかし、そこに諦《あきら》めや悲愴《ひそう》といった感情は窺《うかが》えなかった。石井には、それが力強く、それでいて優しい表情に思えた。

言うなれば、覚悟のようなものかもしれない。

「ぼくは、自分のために、今回の事件を調べているんです」

八雲はそう言って、後藤を突き放した。

「自分のため——だと？」

「ええ」

「どういうことだ？」

「あいつが殺人犯であろうが、そうでなかろうが、そんなことはどうでもいいんです。ただ、知りたいんです。何が起きたのか——を」

平然と言い放つ八雲の言葉に、石井は鳥肌が立った。

それこそが、八雲の覚悟だったのだろう。

自分たちは晴香が、殺人犯か否かで右往左往していた。その結果如何《いかん》で、晴香がどう扱われ、自分たちとの関係が、どうなるか——という些末《さまつ》なことを気にかけていた。

だが、八雲は違った——。

八雲は、未だに晴香のことを信じきれていない。だが、だからこそ知ろうとしているのだ。

その結果が、自分の望まぬものであったとしても、その全てを受容《うけい》れる覚悟を決めているのだろう。

——勝てない。

悔しいが、石井はそう感じてしまった。

八雲という人間の器の大きさを、まざまざと見せつけられたような気がした。

「分かったよ」

しばらくの沈黙のあと、後藤が苦笑いを浮かべながら言った。

後藤もまた、八雲の覚悟を感じ取ったのだろう。

「それで、一つ頼みがあるんですが……」

八雲がすっと目を細める。

石井は咄嗟《とっさ》に身構えた。八雲が、こういう顔をするときは、たいてい無茶な要求を突きつけられる。

「何だ？」

後藤は、そのことを知ってか知らずか、八雲に聞き返す。

「あいつに会わせて下さい——」

八雲の言葉に、石井は動揺を隠せなかった。

正直、今の状態で、八雲と晴香を会わせるのは、不可能に近い。

自分たちが事件の担当ならまだしも、そんな要求を取調べを担当している篠田と小野寺が呑むとは思えない。

「会ってどうするつもりだ？」

後藤が、難しい顔をしながらも訊《たず》ねる。

「色々と確かめたいことがあるんです。もし、あいつに、幽霊が憑依しているか確かめるなら、直接、会ってみるのが一番早い」

確かにそれはそうかもしれない。

死者の魂が見える八雲であれば、晴香に幽霊が憑依しているかどうかは、会えば一目《いちもく》瞭然《りょうぜん》だ。

しかし、警察の中でも八雲の特異な能力を信じているのは、後藤と石井、それに宮川くらいのものだ。

幽霊が憑依しているか、確認したいから会わせろ――などという理屈は通らない。

「そりゃそうだが……いくら何でも、会わせるのは……」

さすがの後藤も、苦しそうな顔をする。

「後藤さんでも、難しいですか？」

八雲が、冷たい視線を後藤に向けながら訊ねる。

後藤のことをよく分かった問いかけだ。こういう言われ方をしたら、後藤に火が点《つ》くことを知っているのだ。

「いいや。何とかしてやる」

後藤は、自信満々に胸を張った。

一方の石井は、頭を抱えるしかなかった――。

14

恩田に話を聞いたあと、真琴は八雲と合流した――。

不思議な感覚だった。八雲と会うのは、いつも〈映画研究同好会〉の部室で、こうやってキャンパスの中を歩き回った記憶がない。

八雲は、俯《うつむ》き背中を丸めるようにして歩いている。

他の学生たちの視線を避けるような姿勢だ。おそらく、こういう歩き方をするのは、寒いからではなく、赤い左眼を隠しながら生きてきたことに起因するのだろう。

それを、唯一受容れてくれた晴香に、殺人の容疑がかかっている。

端整な横顔は、いつもと変わらず、飄々《ひょうひょう》としているように見えるが、心は激しくかき乱されているのだろう。

とてもではないが、真琴はかける言葉が見つけられなかった。

しばらく歩き、昨日と同じラウンジに着いた。

今日は、先に到着していた桜井が、真琴の姿を認めて、すっと立ち上がり丁寧にお辞儀をした。

「お忙しいのに、何度もお時間を頂いてすみません――」

「いえ……」

掠《かす》れた声で答えた桜井には、昨日のような爽《さわ》やかさはなかった。

恩田の話では、殺された花苗は、桜井と仲が良かったようだ。親しい人の死が、彼に影を落としたのだろう。

「こちらは、明政大学の学生で……」

「斉藤八雲といいます」

真琴の言葉を引き継ぐように、八雲が挨拶《あいさつ》をする。

桜井は怪訝《けげん》な表情を浮かべ、真琴と八雲に交互に目をやる。真琴が、桜井にアポを取るとき、「どうしても、お訊《き》きしたいことがある——」としか伝えなかった。

昨日の取材の延長だと思っていたに違いない。そこに、同じ大学の学生が来れば、困惑もする。

「実は、今日、お訊きしたいのは、昨日の事件のことについてなんです」

取り敢《あ》えず座ったところで、真琴は切り出した。

その途端、桜井の表情が苦痛に歪《ゆが》む。

「ぼく……正直、まだ信じられないんです……」

そう言って、桜井は膝《ひざ》の上に置いた拳《こぶし》を強く握った。細い腕に血管が浮き出る。

溢《あふ》れ出す感情を必死に抑えているようだ。

「花苗さんとは、とても仲が良かったそうですね」

真琴が訊ねると、桜井は小さく息を吐いた。

「ええ。まあ……」

「花苗さんは、どんな娘《こ》でした？」

「そうですね。あんまり積極的に喋《しゃべ》る方じゃなかったですけど、凄《すご》く気が利く娘でした」

「どんな風にです？」

「飲み会とかでも、率先して注文取ったり、酔っぱらいの介抱したり……それに、とにかく優しい娘で、ぼくは彼女が怒ってるのを見たことがありません……」

喋りながら、桜井が洟《はな》をすする。

目に溜《た》まった涙が、今にもこぼれ落ちてしまいそうだった。

見ていて痛々しかった。

当たり前のことだが、事件には加害者と被害者がいる。今回、自分たちは容疑者が晴香であったことで、被害者の側にしっかりと目を向けていなかったのかもしれない。

そのことを、今さらのように思い知らされた。

「そうでしたか……」

「花苗ちゃんは、何で殺されなければならなかったんでしょうね？」

桜井が、視線を窓の外の時計塔に向ける。

「そのことについて、何か心当たりはありませんか？」

真琴は、率直に訊ねてみた。

少し考えた素振りを見せたあと、桜井は小さく首を左右に振る。

「ぼくの知る範囲では、思い当たりませんね。というか、加害者は、同じゼミの学生だと聞きましたけど……」

桜井は、真琴と晴香が知人であることを知らない。そもそも、容疑者の名前すら認識していないだろう。

だからこそなのか、桜井の言葉が、深く胸に突き刺さった。

「実は——」

今まで黙っていた八雲が、おもむろに語り始めた。

「昨日、花苗さんが亡くなる前——彼女から心霊現象についての相談を受けていたんです」

「心霊現象？」

桜井が首を傾げる。

「ええ。同じサークルの西澤さんという方は、ご存じですよね？」

八雲の問いに、桜井は「はい」と答えた。

その表情に特に変化は見られない。恩田から、犬猿の仲だと聞いていたので、少々拍子抜けだが、第三者の前で露骨に出すほど子どもではないのだろう。

「その西澤さんと、時計塔に行ったときに、心霊現象を体験したそうです。その話は、ご存じでしたか？」

八雲が訊ねると、桜井がわずかに首を捻《ひね》った。

「聞いたことはないですね」

「花苗さんは、それ以来、西澤さんの様子がおかしいと……幽霊に憑依《ひょうい》されたと疑っていたようです」

「そうですか……」

「あなたは、何か感じていましたか？」

「え？」

「西澤さんの様子についてです。花苗さんと同じように、いつもと違う——というような感じは受けましたか？」

八雲が訊《たず》ねると、桜井が険しい表情を浮かべた。

「ぼくは、特に感じませんでしたね。というか、西澤とは、あんまり話をしないので……」

「仲が悪かった？」

「はっきり言えば、そうです。ぼくが、一方的に嫌われてるって感じですけど……」

「それは、入学以来ずっとですか？　それとも、何かのきっかけがあったんですか？」

八雲が次々と桜井に質問を投げかける。

彼が何を考えているのかは分からないが、何かを察しているのは明らかだ。

真琴は、固唾《かたず》を呑《の》んで二人のやり取りを見守る。

「きっかけって言われても……」

桜井が、口籠《くちご》もるように言った。

「何かあるんじゃないんですか？　たとえば、三年くらい前——とか」

八雲が、そう言った瞬間に、桜井の顔からさっと血の気が引いたのが分かった。

三年くらい前——といえば文芸サークルに所属する学生が、時計塔から飛び降り自殺をした時期だ。

「何の話です？」

桜井が眉間《みけん》に皺《しわ》を寄せながら言う。

惚《とぼ》けているつもりなのかもしれないが、あまり演技が得意な方ではないようだ。

「何のことか分かりませんか？」

八雲が訊ねる。

彼のこういう話術は、本当に巧《うま》いと感心してしまう。

「ええ」

「そうですか……あなたたちのサークルに所属していた学生が、飛び降り自殺した時期ですよ」

八雲が念押しするように言うと、ようやく桜井が「ああ、あれか……」と口にした。さも、今思い出したように振る舞っているが、あまりに不自然だ。

「本当に、忘れていたんですか？」

八雲がすっと目を細め、桜井に問いかける。

「忘れていたというか……三年くらい前って時期を言われただけで、いきなり結びつきませんよ」

桜井が苦笑いを浮かべた。

「あなたは、時計塔の亡霊によって、小説を書かされた――そう言っていましたよね」

「はい」

「ぼくは、てっきり、その亡霊とは、飛び降り自殺した学生のことかと思っていたんですけど、違いましたか？」

八雲は、口許《くちもと》に笑みを浮かべた。

それは、背筋がゾクッとするほど怖い笑みだった。

「いったい、何なんですか……わけの分からないことばかり言って。もう、帰らせてもらいます」

桜井は不機嫌に言うと席を立ち、そのまま歩き去ってしまった。

真琴は、それを追いかける気にはなれなかった。

それよりも、八雲が、なぜあんなことを訊ねたのか――そのことの方が気にかかった。

「真琴さん。彼が書いた過去の作品があるんですよね」

真琴が質問を口にするより先に、八雲が言った。

「文芸サークルが過去に発行した冊子があります」

事件が起きる前に、恩田から借りたものがまだ手許にある。

「それを貸して貰《もら》えませんか？」

「構いませんけど、それって……」

言いかけた真琴の言葉を遮るように、八雲の携帯電話が鳴った。

15

晴香は取調室の椅子に座り、半ば呆然《ぼうぜん》としていた——。

衝撃的で、信じられない出来事の連続だった。

花苗が殺されたと聞かされ、その事実が受容《うけい》れられていないうちから、殺したのが自分自身だと告げられた。

しかも、晴香自身が自供した——というのだ。

そんなことを言った記憶はまるでない。そもそも、花苗が死んだことを、初めて知ったような有様だ。

狐に抓《つま》まれたような状態で、今いるのが現実の世界だとは到底思えなかった。

夢なら覚めて欲しい——何度もそう願った。

自分が殺人犯になっているという、信じ難い状況もそうだが、何より花苗が死んだという事実が受容れられなかった。

哀しむ暇もなく、こうやって取調べを受けている。

しかも、刑事たちから告げられることは、自分の身に覚えのないことばかりだ。覚えていないと言っても信じてもらえない。

胸に痛みが走る。

生きたまま内臓を抉《えぐ》られているような、堪《こら》えきれないほどの強い痛みだ。

晴香は、胸を押さえながら身を屈めた。

自分の言葉を、信じてもらえないことが、こんなにも辛《つら》いものだとは思わなかった。

こんなに苦しい思いをするくらいなら、言われた通りに自分が殺したと認めてしまった方が、はるかに楽になる気さえする。

前にえん罪事件で、自白を強要された人が、同じようなことを言っていた。

今なら、その気持ちが分かる。

このままだと、自分自身の存在が、揺らいでしまいそうな気がする。

——八雲君。助けて。

晴香が胸の内で呟《つぶや》くのと同時に、取調室のドアが開いた。

また、あの二人の刑事が入って来たのだろう。そう思うと、顔を上げる気にはなれなかった。

向かいの椅子に、誰かが座る気配がした。

ふわっと空気が揺れ、とても懐かしい匂いがした。凍えてしまった心を、溶かしていくような、温かくて心地のいい匂い。

匂いに誘われて、顔を上げた晴香は、思わず息を呑んだ。

目の前には、よく知っている人物——八雲が座っていたのだ。

相変わらずの眠そうな目に、寝グセだらけの髪だ。それが、やけに懐かしく感じられた。

「元気にしてるか？」

八雲が、淡々とした口調で言った。

それは紛れもなく、八雲の声だった――。

なぜ、八雲がここにいるのかという疑問はあったが、そんなものは、会えた喜びで一気に吹き飛んだ。

「うん……」

頷《うなず》くと同時に、涙が零《こぼ》れ出した。

ずっと堪えていた感情が、一気に爆発して、止めどなく涙が流れ落ちる。

――涙で、八雲の姿が見えない。

晴香は、しゃくり上げながら、必死に手で目を擦《こす》った。

「大丈夫だ……」

八雲が、そう言って晴香の肩に手を触れる。

たったそれだけのことなのに、今までの苦しいことや、哀しいことの全部が、一気に流れ出していくようだった。

本当は、そのまま八雲の胸に飛び込んで、気の済むまで泣きじゃくりたい気分だった。

「あまり時間がない。幾つか質問させてくれ――」

八雲が、静かに言った。

その声を聞き、晴香は何のために、八雲がこの場所に来たのかを悟った。

「うん……」

晴香は、頷きながらも深呼吸を繰り返し、気持ちを落ち着ける。

「君は、あの夜時計塔に行ったのか？」

「うん」

「なぜだ？」

「夜、八雲君のところに行こうとしたら、時計塔の近くを歩いている花苗を見つけたの
――」

「彼女は、一人だったか？」

晴香は首を振った。

「一人だったけど、誰かのあとをつけているみたいだった……」

「そのあとは、どうなったんだ？」

「覚えてないの……ゴメン……」

そこから先の記憶が、曖昧《あいまい》なのだ。気付いたら、殺人の容疑で事情聴取されていたのだ。

晴香は、下唇を噛《か》んだ。

せっかく八雲が来てくれたというのに、出て来るのは曖昧な答えばかりだ。これでは、

何の手助けにもならない。

それが、悔しくて、また涙が出そうになった。

「そうか……君だったのか……」

八雲が、急に呟くように言った。

「え？」

晴香が問いかけようとすると、八雲はそれを制した。

「なぜ、君はここにいるんだ？」

「私は……」

答えようとしたところで、八雲が首を振って遮った。何とも奇妙なやり取りだ。だが、そこには、何か意図があるのだろう。

晴香は、口を閉ざして成り行きを見守ることにした。

「そうか……きっと、それを自供と受け取ったんだな……」

そう言ったあと、八雲はふうっと長いため息を吐いた。

不意に、ドアの外が騒がしくなった。誰かが言い争っているようだ。

「時間がないな。最後に一つだけ、君の口から聞かせて欲しい――」

八雲が、真剣な眼差《まなざ》しを晴香に向ける。

「何？」

「君が殺したのか？」

八雲の言葉が、晴香の胸に突き刺さる。

まさか、八雲にまで疑われてしまっているとは——一度は落胆した晴香だったが、八雲の目を見て考えを改めた。

八雲は、疑っているから晴香に訊《き》いているのではない。信じようとしてくれているのだ——と。

「私じゃない……何も覚えてないけど……それでも、私じゃない……」

晴香が言うと、八雲が小さく笑った。

「君を信じる」

その一言で、胸がすっと軽くなった。

この先、誰に何を言われても、耐えられる気がした。

「八雲君……」

「君は、ぼくを信じられるか？」

八雲が、ゆっくりと立ち上がりながら言った。

そんなものは、いちいち問われるまでもない。晴香は、ずっと八雲のことを信じている。

「うん」

晴香が頷くと、八雲は苦笑いを浮かべて、寝グセだらけの髪を、ガリガリとかき回した。

「分かった。最善を尽くす。君はこれから何を訊かれても、否認し続けろ」

「うん」

晴香が頷くと同時に、勢いよくドアが開き、後藤と石井、それに晴香の取調べをしていた篠田と小野寺が雪崩《なだれ》込んで来た。

「ここで何をしている！」

篠田が、八雲に詰め寄り喚《わめ》き散らす。

だが、当の八雲は涼しい顔だ。

「すみません。トイレを探していて、間違えたようです」

八雲が、おどけた調子で言う。

「そんな言い訳が、通用するわけねぇだろ！」

篠田が八雲を捕まえようとしたが、後藤が身を挺《てい》してそれを阻んだ。小野寺が加勢し、石井がさらにそれを止めに入る。

怒号が飛び交い、揉《も》み合いになる中、八雲は飄々《ひょうひょう》とした顔でドアを開け、部屋を出て行った。

八雲は、歩き去る寸前に、一度だけ振り返り、晴香に向かって小さく頷いた。

言葉は発しなかったが、信じろ——そう言っているように見えた。

晴香は、力強く頷き返して答えた。

それだけで、この先、何があろうと、八雲を信じ続けられる気がした——。

第三章 裁きの塔

FILE: 03

1

「邪魔するぜ――」

後藤は翌朝、石井と連れだって八雲の隠れ家である〈映画研究同好会〉の部屋を訪れた――。

八雲は相変わらずの眠そうな顔で、いつもの席に座り、何やら本を読んでいた。

「邪魔だと分かっていて来るとは――嫌がらせですか？」

顔を上げた八雲が、気怠《けだる》そうに言う。

本当にむかつく態度だ。今すぐぶっ飛ばしてやりたい衝動に駆られる。

「てめぇこそ、この一大事に読書とは、ずいぶんと余裕じゃねぇか」

後藤が詰め寄ると、八雲はため息を吐きながら読んでいた本をテーブルの上に置いた。

かなり薄いもので、本というより冊子といった方がいいかもしれない。

表紙には、事件の発端である時計塔の写真が載せられていて、タイトルもそのまま「時計塔」だった。

「事件に、必要だから読んでいたんですよ」

「必要？　それがか？」

「これは、被害者である花苗さんが所属していた文芸サークルで発行しているものなんです」

「そんなもん読んで、事件の謎が解けるとは思えねぇけどな」

後藤が、皮肉混じりに言うと、八雲が冷たく鋭い視線で睨《にら》んで来た。

怖いくらいの迫力があった。

「解きますよ――必ず」

久しぶりに、八雲の力強い言葉を聞いた気がする。

昨日、晴香に会ったことで、迷いを吹っ切ることができたのだろう。

今の八雲には、何としても事件の謎を解く――という強い信念のようなものが宿っているようだった。

ようやく晴香を信じる気になったのかもしれない。

あのあと、篠田たちには散々ぱら文句を言われた。何かしらの処分を科すべきだと大騒ぎされたが、間に宮川が入り、何とか抑えてもらった。

大変な目に遭ったが、それでも八雲が復活してくれたのなら、会わせた甲斐《かい》があるというものだ。

「で、次は、おれたちは何をすればいいんだ？」

後藤は、椅子に座りながら口にした。

現状では、まだ事件は何も解決していない。それどころか、糸口すら見えていない状態だ。

いつまでもグズグズしているわけにはいかないのだ。

八雲は、左手の人差し指を眉間《みけん》に当て、すっと目を細めた。口許《くちもと》に微《かす》かに浮かぶ笑みが、異様な雰囲気を放っているようだった。

「三年くらい前に、時計塔から飛び降り自殺をした女性がいるということでしたよね——」

八雲が、ゆっくりと口を開く。

「ああ」

八雲から頼まれて、その資料を持って来たときに、事件に出会《でくわ》すことになった。

「当時の状況について、詳しく知りたいんです」

「資料じゃダメなのか？」

「ええ。当時、何があったのか、どういう状況だったのか、資料に載っていない詳しい状況が知りたいです——」

「その自殺した女性が、今回の一件に関係あるんですか？」

震える声で訊《たず》ねたのは、石井だった。

「ええ。あります。前にも言ったように、被害者の花苗さんと、その友人である西澤さんは、時計塔で心霊現象を体験しています。それは、おそらく——」

八雲はそこで言葉を切ったが、その先はわざわざ言わなくても分かる。

時計塔に現われた幽霊は、自殺した水原紀子という女性なのだろう。だが——。

だ。

「時計塔に幽霊はいないんじゃなかったのか?」

晴香と足を運んだときも、そして、昨日後藤と行ったときも、幽霊はいなかったはず
後藤は、普通に疑問を口にしただけなのに、八雲が小さく笑った。

「幽霊だって、いつも同じ場所にいるとは限りません」

「死んだ場所や、思い入れのある場所に縛られるんじゃねぇのか?」

八雲が常々口にしている理論だ。

死者の魂は、自らが死んだ場所や、特別な思い入れのある場所に縛られる——と。もし、そうだとするなら、幽霊は時計塔から動けないはずだ。

「ぼくは、あくまでそういうことが多い——と言っているんです。何ごとにも例外はありますよ」

そう言われてしまうと、後藤には返す言葉がない。

まあ、色々と分からないことはあるが、ここまで来たら八雲の考えに従うしかない。そうでないと、晴香は殺人犯になってしまう。

「分かった。まずは、誰が担当してたかだな……」

「それなら、もう分かってますよ」

後藤の言葉に、八雲がさらりと答える。

「何?」

「ですから、もう分かってます。資料に書いてありましたから。そんなに注意散漫で、よく刑事が務まりますね」

八雲が、小バカにしたように言う。

頭には来たが、同時に嬉《うれ》しくもあった。ようやく、いつもの八雲が戻って来たような気がしたからだ。

「それで、誰なんだ？」

後藤が訊ねると、八雲が微かに笑みを浮かべた。

「昨日、もの凄《すご》い剣幕で怒っていた刑事さん。名前は確か――」

そう言って、八雲が視線を宙に漂わせる。

――おいおい。冗談じゃねぇぞ。

後藤は、げんなりしながらも、その名を口にした。

「篠田」

「そうです。資料によれば、その篠田さんでした」

――最悪だ。

昨日の今日で、話なんか聞きに行けば、昨日のいざこざを蒸し返すことになる。とはいえ、このまま何もせずに黙っていることもできない。

まあ、ここまで来たら、四の五の言わずにやるしかない。

「分かったよ。だが、あんま期待すんなよ」

後藤は、重い気分とともに立ち上がる。

あの篠田が、そうそう簡単に喋《しゃべ》ってくれるとは思えない。多少、強引な手を使う必要があるかもしれない。

「石井！　行くぞ！」

後藤が、声をかけると、石井がビクッと跳ねるようにして「はい」と返事をした。

そのまま、二人で出て行こうとしたが、八雲に呼び止められた。

「すみませんが、石井さんは残して下さい」

「何？」

「他にも、調べなければならないことがあります。石井さんには、それを手伝ってもらいます」

八雲が真っ直ぐに後藤を見据える。

何を考えているかは知らないが、八雲の視線の先には、いつも真実があった。後藤は、常にそれを信じて来た。これまでも、そしてこれからも——。

「分かった。好きにしろ」

後藤は、ぶっきらぼうに言うと〈映画研究同好会〉の部屋をあとにした。

2

「こんにちは——」

明政大学の学食に足を踏み入れた真琴は、窓際の席で談笑しているカップルの学生に声をかけた。

まだ幼さの残る顔立ちをした、いかにも真面目そうな二人だった。

「おれですか？」

男の方が、怪訝《けげん》そうな顔で言う。女の方も警戒しているらしく、わずかに身を引いた。

いきなり声をかければ、そういう反応になるのも当然だろう。

「私、北東新聞の記者で土方といいます。少し、お話を聞かせて欲しいんですが……」

真琴は、素早く名刺を差し出し、笑みを浮かべてみせた。

二人は顔を見合わせつつも、何かを納得したように頷《うなず》き合った。

「もしかして、この前の事件のことっすか？」

男の方が訊ねて来る。

晴香の事件は報道もされているし、大学内では知らぬ人がいないくらいの騒ぎになっているのだろう。

「ええ」

真琴が頷くと、二人とも興奮したようだった。

事件に関して取材を受けることを、喜んでいるのだろう。感心できない態度だが、取材をしていると、こういう場面によく出会《でくわ》す。

平穏で変化のない日常の中で、人は刺激を求めるものだ。それ故に、自分たちに無関係であれば、無責任に騒ぎ立てる。

「何か怖いっすよね。友だちを、殴って殺しちゃったんでしょ？」

「殺した人って、オーケストラサークルだって聞いたよ」

「マジで？　じゃあ、ミキちゃんとか知ってる人なんじゃない？」

「そうかも」

「男とか取り合ったのかな？」

「あり得る」

二人は、いかにも楽しそうに声を上げる。

──勝手なことを言わないで！

そう叫びそうになるのを、辛うじて堪《こら》えた。

知らないからこそ、こうやって言いたい放題なのだろう。ただ、表面的な事実だけに流され、そこで本当は何があったのかを、知ろうともしない。

それは、とても怖いことだ。

だが、今それを、この学生たちに説いたところで、響きはしないだろう。

当事者になってみないと、本当の意味で、理解しようとする心は生まれないものだ。

「あのね。私が訊《き》きたいのは、事件が起きた時計塔のことなの——」

真琴は、延々と続く二人の会話を遮るように言った。

二人が同時に顔を上げ、真琴に目を向ける。

「あの時計塔には、幽霊が出るって噂があったみたいなんだけど、あなたたちは聞いたことある？」

真琴が訊《たず》ねると、二人は再び顔を見合わせた。

「聞いたことないっすね」

男の方が、肩を竦《すく》めるようにして答えた。

「私もしらない」

女も、小さく首を振った。

「そう……」

「幽霊が、事件に何か関係あるんですか？」

男が訊ねて来た。これまで、何度も同じ疑問を投げかけられて来た。

——ある。

そう言いたいところだったが、そんなことを説明したところで、どうせ信じはしないだろう。

「そういう噂を少し聞いたの。もし、関係があったら、面白い記事が書けると思ったんだけど、的外れだったみたいね」

真琴は、強引に会話を終わらせると、何か訊かれる前に二人の前から離れた。

学食を出たところで、携帯電話に着信があった。八雲からだ――。

「はい。土方です」

〈八雲です〉

電話の向こうから、はっきりとした八雲の声が聞こえて来た。

昨日までは、平静を装っていながらも、今にも壊れてしまいそうなほど、弱々しく見えた。

だが、今朝、電話をもらったときからは、いつもと変わらぬ様子に感じられた。

心の整理がついたのか、あるいは、もっと別の何かなのか――どちらにしても、事件解決のために、できるだけのことはしたいという気持ちは変わらないようだ。

〈それで、どうでした？〉

八雲が訊ねて来た。

「十人ほどに話を聞いたけど、知っている人は、一人もいなかったわ」

真琴は、これまでの調査の結果を伝える。

八雲に頼まれて、時計塔に幽霊が出るという噂が、いつ頃から囁《ささや》かれ出したのか――それを調べていたのだが、今のところその噂を知っている人に出会していない。

そもそも、噂があったのか？　と疑いたくもなる。

だが、そうなると逆に分からないことがある。桜井の件だ。彼は、時計塔の亡霊に小説を書かされた――そう言っていた。

前から、そういう噂があったのならまだしも、なぜ彼はそんな話をし出したのか？

〈分かりました。ありがとうございます。この件は、もう大丈夫です〉

「あまり役に立てなかったみたいね」

〈いえ。充分、役に立ちました。ついでと言っては何ですが、もう一つ、頼みたいことがあります〉

「何です？」

〈それは――〉

3

石井は、八雲と並んでキャンパス内を歩いていた――。

さっきから、八雲は電話で誰かと話している。相手の声は聞こえないが、おそらく真琴だろう。

八雲が、いったい何を考えているのか――正直、石井には窺《うかが》い知れない。

それでも、八雲に協力している。きっと、八雲ならこの事件の真相を解明してくれると信じている。

不思議な感覚だった。

八雲とは、事件でかかわりを持っただけなので、彼自身のことは、ほとんど何も知らない。そればかりか、常に何を考えているのか分からず、怖いと思うことすらある。

それなのに――八雲のやろうとすることを信じ、こうやって突き進んでいる。

――何を以《もっ》て、人は人を信じるのだろう？

「石井さん」

電話を終えた八雲が、歩きながら石井に声をかけて来た。

「は、はい」

「昨日は、ありがとうございます――」

「え？」

石井は、まじまじと八雲の横顔を見た。

八雲が、何に対して礼を言っているのか、分からなかった。そもそも、八雲が誰かに感謝の言葉を口にすること自体が意外だった。

「後藤さんと言い合いになっていたとき、止めに入ってくれました」

八雲が、照れ臭そうに少し俯《うつむ》き、鼻の頭をかく。

「あ、いえ、別に……あれは、ただ咄嗟《とっさ》に身体が動いたというか……」

気付いたら止めに入っていただけで、何か意識があってそうしたわけではない。いわば習性のようなものだ。

「あのとき、石井さんが止めてくれなければ、どうなっていたか……」

八雲がふと足を止め、抜けるような青空を流れる筋状の雲に目を向けた。

――ああ。この人でも苦悩するんだ。

石井は、そんな当たり前のことを、今さらのように思い知らされた気がした。

あのときの八雲と後藤が、普通でなかったのは確かだ。いつもの口喧嘩《くちげんか》と違い、お互いの腹の底にある感情を、ぶつけ合っていたように思える。

ノーガードで殴り合うような凄惨《せいさん》さがありながらも、それを見ていて、羨《うらや》ましいと感じてしまったのも事実だ。

自分には、あんな風に本音をぶつけられる相手がいるだろうか？

「私は……」

「行きましょう――」

八雲が、石井の言葉を遮るように言うと、再び歩き出した。石井は「はい」と応じたあと、八雲の斜め後ろを歩いた。

やがて、昨日も訪れた警備員の詰め所に到着した。

中に入ると、事前に訪問することを伝えていたこともあって、瀬尾が待っていた。

昨日と同じ奥のテーブルに案内され、腰を落ち着ける。

八雲のことをどう説明しようかと迷ったが、瀬尾から特に質問されなかったので、そのままにした。おそらく、刑事の一人だとでも思ったのだろう。

「正直、こう何度も来られると、仕事になりません……」

相変わらず帽子を被ったまま、俯き加減の瀬尾がぼやくように言った。

その気持ちは、分からないでもない。特に、今回は石井だけではなく、他の捜査員たちも話を聞きに来ているだろう。

「すみません」

石井は、力なく頭を下げたあと、八雲に目を向けた。

正直、石井から訊《き》くことはもうない。瀬尾に会いたいと言い出したのは、八雲の方だ。

彼はいったい何を考えているのか？

石井の疑問に答えるように、八雲が口を開いた。

「事件のあった日ですが、女性の悲鳴のようなものを聞いたと仰《おっしゃ》っていましたね」

「ええ」

瀬尾は、うんざりしたような素振りを見せながらも、返事をした。

「悲鳴は何回聞こえましたか？」

「えっと……一回だと思いますけど……」

瀬尾が答えると、八雲がすっと立ち上がり、壁面に貼り付けてある大学キャンパスの見取り図の前に立つ。

「悲鳴を聞いたのは、どの辺りですか？」

「時計塔のすぐ前を通ったときです」

か？」

「この辺りですか？」

八雲が見取り図を指差しながら訊ねる。

「そうだと思います」

「そうですか。悲鳴を聞いたのは、巡回に向かう途中ですか？　それとも帰る途中です

か？」

八雲が淡々とした調子で質問を重ねる。

石井は、その質問の意図が分からないので、ただ黙って見守ることしかできなかった。

「帰る途中でした」

「では、事件前に一度、この時計塔の前を通っているわけですよね？」

「まあそうですね……」

瀬尾が怪訝《けげん》な表情を浮かべる。彼もまた、八雲の意図が読み取れないでいるのだろう。

八雲は、そんなことはお構い無しに質問を続ける。

「最初に通ったとき、大学内をうろついている学生を見かけませんでしたか？」

「どうでしょう……見なかったとは思いますけど……」

「それは、確かですか？」

「ですから、思うって言ってるじゃないですか。はっきりとは、覚えていませんよ」

瀬尾が焦《じ》れたように口にする。

その反応を見て、八雲は口許《くちもと》に小さく笑みを浮かべた。

石井には、何のことか分からないが、八雲は今のやり取りで何かを摑《つか》んだようだ。それが証拠に「ありがとうございます。参考になりました——」と告げ、そのまま部屋を出て行こうとする。

ぼんやりしていたら、置いてきぼりを食う。

石井が慌てて席を立ったところで、八雲がピタリと足を止めて振り返る。

「もう一つだけ」

そう言って、八雲が人差し指を立てる。

「何です？」

「腰に着けているそれ——無線機ですか？」

八雲が、瀬尾の腰ベルトに挿してある煙草ケースほどの機器を指差した。

「ああ、まあ、そんなようなものです……」

瀬尾が答えると、八雲は満足したのか、「そうですか——」と呟《つぶや》き部屋を出かけたが、再び戻って来る。

「すみません。あともう一つ——」

「はあ……」

瀬尾が、うんざりしたように返事をする。

「あの時計塔——幽霊が出るって噂になっていたそうです」

「へぇ……」

いきなり、幽霊の話を出され、呆《あき》れているのか、瀬尾は気のない返事をする。

だが、これは重要なことかもしれない。夜遅くにキャンパス内を巡回している警備員であれば、時計塔に現われるという幽霊を見たことがあるかもしれない。

「あなたは、見たことがありますか？」

「何をです？」

「幽霊です」

「いえ」

「そうですか。では、噂は聞いたことがありますか？」

「噂って幽霊の――ですか？」

「ええ」

瀬尾は顎《あご》に手をやり、何かを考えるように首を傾げたあと「あっ！」と声を上げた。

「そういえば、前にそんな噂を聞いたことがある気がします――」

瀬尾の答えに満足したのか、八雲は「そうでしたか」と口にすると、足早に部屋を出て行った。

「お時間取らせてしまって申し訳ありません。色々と参考になりました」

石井は早口に言うと、八雲の背中を追って部屋を出た――。

「今ので、何か分かったんですか？」

八雲に追いついたところで声をかける。

「いいえ。まだ何も……」

小さく首を振った八雲だったが、石井には何か隠しているように思えてならなかった。

4

「おい！　後藤！」

後藤が警察署に戻るなり、もの凄《すご》い形相で篠田が歩み寄って来るのが見えた。

顔を真っ赤にして、相当にご立腹のようだ。普段なら、面倒だからさっさと逃げ出すところだが、今日はこちらから会いに行こうとしていたところだった。

「そんなにカリカリしてたら、早死にするぜ」

後藤が憎まれ口を叩《たた》くと、篠田はより一層、顔を真っ赤にして詰め寄ってくる。

「てめぇ！　どういうつもりだ！」

篠田が、凄《すさ》まじいまでの形相で睨《にら》んで来る。

受けて立ってやってもいいが、ここは一階の受付がある場所だ。免許の更新やら、紛失物の届け出やらで、一般市民も大勢いる。

「場所を移そう」

後藤は、そう告げるとさっさと歩き出した。

篠田も状況を理解したのか、怒りを一旦《いったん》引っ込め、後藤のあとについて来る。

階段を上がり、〈未解決事件特別捜査室〉の部屋に入った。ここなら誰もいない。周囲を気にすることなく話ができる。

「で、何をそんなに怒ってやがる？　昨日の件なら、片は付いたはずだ」

後藤は、デスクに尻《しり》を乗せ、腕組をして口にした。

篠田には聞かなければならないことがあるが、そのためには、まず向こうの言い分を吐き出させる必要がありそうだ。

「片が付いただと？　ふざけるな！　お前らのせいで、容疑者が態度を変えちまっただろうが！」

篠田が、地団駄を踏みながら怒鳴りつける。

まるで子どものような振る舞いだ。

「どういう意味だ？」

「知らぬ存ぜぬを決め込んでるんだよ！　せっかく自供を引き出したのに、そんなことは言った覚えがない──と来たもんだ！」

──なるほど。

晴香の方も、八雲に会ったことで吹っ切れたようだ。

八雲を信じて、自分の考えを押し通そうとしているのだろう。

「へぇ──」

「何が可笑《おか》しい？」

篠田に指摘され、後藤は自分が笑っていることに気付いた。

「別に、可笑しくはねぇよ」

慌てて笑いを引っ込めながら言う。

「お前らの入れ知恵だろう！　ふざけた真似をしやがって！」

どうやら、それが篠田が激怒している理由のようだ。

いくら違うと否定したところで、意固地になっている篠田は納得しないだろうし、そんなことをすれば喧嘩《けんか》になるだけだ。

「お前は、いつからそんな風になった？」

後藤が訊《たず》ねると、篠田が「はっ？」と顔を歪《ゆが》める。

「今回の事件、おかしいと思わねぇか？」

「何がだ？」

「ごく普通の女の子が、いきなり人を殴り殺したりするもんかね？」

「何を言ってやがる。普通の奴が人を殺すことだってあるんだよ。お前だって、何年も刑事やってんだから、それくらいのことは分かるだろう」

篠田の言う通り、刑事をやっていると、普通に見えた人が、いきなり人を殺してしまう――という現場を何度も目にする。

だが、それはあくまで表面的なものに過ぎない。

「分かってねぇな」

「お前が言ってるのは、普通に見えた奴が――ってことだろ」

「…………」

篠田は、後藤の言葉の意図が理解できないらしく、困惑した表情を浮かべている。

目論《もくろ》み通り、別のアプローチをすることで、少しは溜飲《りゅういん》が下がって来たようだ。

「事件捜査をしていて、一見、普通の奴に見えても、金銭問題や色事、それに恨みや憎しみ――色々と抱えていたってことだよ」

「それは……」

篠田も後藤が言わんとしていることを、理解してくれたようだ。

人を殺すというのは、やはり普通の感覚ではない。

表面上は、人を殺すように見えなかったとしても、捜査を進めていくうちに、その裏側に潜む闇が見えてくるものだ。

刑事であれば後藤の言っていることは理解できるはずだ。

「あの娘《こ》に、闇が見えたか？」

後藤が問うと、篠田が苦い顔をした。

「まだ分かってないだけだろ」

「だったら、知りたいとは思わないか？」

「何をだ？」

「何だと？」

「事件は、犯人を捕まえて、それでお仕舞いってわけじゃねぇ。なぜ、事件が起きたのか——真相を明らかにしないと、事件は解決したことにはならねぇ」

「そんなことは、お前なんかに言われなくても、分かっている」

篠田が舌打ち混じりに言った。

「だったら、納得がいくまで調べようや。お前だって、今回の事件に違和感を覚えてるんだろ？」

後藤は、語りかけるように言った。

篠田も、今回の事件をおかしいと感じながらも、目撃証言、物的証拠、それに晴香の自供があったことで、簡単な事件だと決めつけ、終わらせようとしてしまった。

だが、篠田も刑事であるなら、なぜ事件が起きたのかを知りたいと思っているはずだ。

「何を考えてる？」

篠田が、ため息混じりに訊ねて来た。

その目は、さっきまでとは違い、真摯《しんし》で実直なものだった。

警察は多くの事件を抱えている。全てに真剣に向き合っているつもりでも、日々の仕事に忙殺されると、人は本質を見失ってしまうものだ。

篠田も、気付かぬうちに、そうなってしまっていたのだろう。

「幾つか話を聞かせて欲しい。事件を解決するためだ」

「何が知りたい？」

そう言って、篠田は近くにあった椅子に腰を下ろした。

お互いに毛嫌いするばかりで、これまでろくに話そうとしなかった。今、ようやく篠田という男と、向き合えた気がする。

かつての後藤なら、嫌いな奴は、嫌いな奴と斬り捨てていただろう。嫌いな相手を理解する気もなかったし、そうしようとも思わなかった。

それが、こうして向き合っているのは、おそらく桐野《きりの》の事件があったからだろう。

あんな過ちは、二度と繰り返したくない。

「三年くらい前に、あの大学の時計塔から、飛び降り自殺をした女子学生がいたらしいな――」

後藤が口にすると、篠田が「あれか……」と小さく呟《つぶや》いた。

「何で、今さらそんなことを知りたい？　そもそも関係ねぇだろ。状況的にも、あれは間違いなく自殺だった」

「分かってる。だが、ちょっとばかり気になるんだ」

八雲のことを説明しようかとも思ったが、止めておいた。せっかく、こうやって話すところまで持って行ったのだ。

余計なことを言えば、また怒らせることにもなりかねない。

「もしかして、その自殺した女の因縁が、今回の事件に関係ある――そう思っているのか？」

しばらく考える素振りをみせたあと、篠田が口にした。どうやら、都合のいいように解釈してくれたらしい。

「まあ、そんなところだ」

後藤が答えると、篠田は過去を回想しているのか、天井を見上げる。しばらくそうしていたが、やがて「はっ！」と声を上げる。

何かを思い出したに違いない。

「何だ？」

後藤が詰め寄ると、篠田は迷った素振りを見せながらも口を開いた。

「あの事件のとき、絶対に自殺じゃない――って喚《わめ》いてた奴がいた」

「家族か？」

真っ先に思いつくのはそれだった。

「いや、そうじゃない」

「誰だ？」

「名前は覚えていない。確か、同級生の男だったと思う……」

篠田の言葉をきっかけに、後藤の中である推察が生まれた。もし、飛び降り自殺した水原紀子が、誰かに殺されていたのだとしたら？

今回の事件を紐《ひも》解《と》くための、手がかりになりそうだ。

「色々と参考になった――」

篠田にそう告げて、後藤は足早に部屋を出た。廊下を歩き始めたところで、携帯電話に着信があった。

八雲からだった——。

「何だ?」

〈どうでした?〉

開口一番、八雲が訊ねてくる。

まるで、こちらの動きを見ていたかのようなタイミングの良さだ。

水原紀子が自殺であることに、疑いはないこと。それから、事件後、同級生の男が「自殺じゃない」と騒ぎ立てていたことを、できるだけ詳細に伝えた。

〈そうですか——〉

話を聞き終えた八雲は、そう言ったあと、しばらく黙り込んだ。

後藤は足を止めて、八雲の言葉を待つ。

いったい、何がどうなっているのか——正直、後藤がいくら考えたところで分かる気がしない。

だが、八雲なら、バラバラの事実を組み合わせて、真実を導き出すことができるはずだ。

〈後藤さん。もう一つ、調べて欲しいことがあるんですが……〉

「何だ?」

〈ある人物の経歴を調べて欲しいんですが……〉

八雲が口にしたのは、思いがけない人物のものだった。

5

真琴は、再び学食を訪れた――。

昼の時間帯ということもあって、さっき来たときとはうって変わり、学生たちでごった返している。

一番奥のテーブル席に真っ直ぐ足を運ぶ。

そこには、一人の男子学生の姿があった。瘦身《そうしん》で、野暮ったい印象があり、初々しさは感じられなかった。

食べ終わった定食のトレーをテーブルの上に残したまま、何やら本を読んでいる。

「加藤繁友《かとうしげとも》さんですか？」

真琴が声をかけると、男子学生は顔を上げて「はい」と籠《こ》もった声で答えた。

「恩田准教授から聞いていると思いますが、北東新聞の土方です」

真琴が名刺を差し出しながら口にする。

「ああ、はい」

加藤は気の抜けた返事をしながら、名刺を受け取る。

あのあと八雲から頼まれたのは、文芸サークルに所属している学生に会い、色々と聞き出して欲しいというものだった。

何を聞き出すかについても、事前に指示は受けた。

とはいえ、サークルのメンバーを知っているわけでもないので、恩田に頼み、話が聞けそうな学生を紹介してもらった。

そうして、文芸サークルの部長である加藤と顔を合わせることになったのだ。

「花苗ちゃんのことっすよね」

加藤は、読んでいた本を鞄《かばん》の中に仕舞いながら、低い声で言った。

「ええ。まあ……」

「まさか、殺されちゃうとはね……」

そう言って加藤は遠くを見るような目をした。

態度や言葉の一つ一つに、背伸びして大人を演じているという印象を抱いてしまう。

「花苗さんは、サークルの中では、どうでした？」

「どうって……まあ、普通でしたよ」

普通というのが、一番困る回答だ。そもそも人によって、普通の基準が違うので、イメージし難《にく》い。

とはいえ、今そんなことを考えていても、話が進まない。

「それは、特に目立った感じではなかった——ということでしょうか？」

「まあ、そんな感じです」

「桜井さんと仲がいいと聞きましたけど――」

「ああ。桜井ね……」

加藤の表情が嫌悪感に歪《ゆが》んだのを、見逃さなかった。

「桜井さんに、何か問題でも？」

「別に、問題ってわけじゃないんだけど……たまたま、一冊本出しただけで、作家気取りっつぅか、調子に乗ってる感じなんだよね」

――そういうことか。

この年代では、他人の成功を素直に喜べないところがある。特に、同じジャンルを目指している同年代となるとなおのことだ。

いや、この年代に限ったことではなく、妬《ねた》みの感情というのはあるのだろう。

「元々は、桜井さんとは仲が良かったんですか？」

「まあ、普通っすね」

――また普通だ。

「一緒に、遊びに行ったりとかはありましたか？」

「二人はないっすね。サークルの呑《の》みとかは、普通に出ますけど……」

こんな調子では、まったく情報が入って来ない。

わずかに苛立《いらだ》ちを覚えながらも、真琴は辛抱強く話を元に戻す。

「で、花苗さんと桜井さんは、仲が良かったんですよね」

「そうじゃないかな」

「恋人でした？」

「どうだろう？　そういう話は、したことないから……あっ、でも西澤ならあるかな」

「何がです？」

その名前に、真琴は敏感に反応した。

確か、西澤は花苗と一緒に時計塔で心霊現象を体験した人物だ。花苗は、西澤に幽霊が憑依《ひょうい》していると考え、晴香を通じて八雲に相談している。

「西澤が、花苗ちゃんを狙ってるって噂があったんだよね」

「桜井さんと、西澤さんは、同じ女性を取り合っていた——ということですね」

写真でしか見たことがないが、花苗は確かに可愛らしい女性だった。

それだけでなく、見ていて守ってやりたい——と感じるような、儚《はかな》さを持ち合わせていたように見える。

「いや、分からないよ。全部、ただの噂だからさ。でも、前にもそういうことがあったから……」

「前にも？」

真琴は眉間《みけん》に皺《しわ》を寄せる。

「いや、やっぱこの話は、無しにして」

加藤が必死に顔の前で手を振る。

今さら、そんな態度を取られても、聞いてしまった以上は気になるのが人の性《さが》だ。

「何かあったんですか？」

真琴は、ずいっと加藤に詰め寄る。

加藤はそれからも「いや、いいっす」と口を割ろうとしなかったが、真琴も諦《あきら》めなかった。

強引に詰め寄り、最終的に「誰にも言わない」と確約することで、ようやく加藤が重い口を開いた。

「おれらが一年のときに、一人可愛い娘《こ》がいて、サークル内で結構、取り合いになったことがあったんだよね。もちろん、おれはそういうのには参加してないよ」

加藤の言い訳がましい言い方が引っかかったが、真琴は敢《あ》えて何も口にせず、先を促した。

「桜井と西澤も、熱を上げてたんだよね。だけど……ちょっと色々とあって……」

そこまで言ったところで、加藤が再び口籠《くちご》もった。

だが、その先についてはなんとなく、真琴にも想像がついていた。

「もしかして、その女の子の名前って、水原紀子さん？」

真琴が訊《たず》ねると、加藤の表情が一気に強張《こわば》った。

「何で知ってんの？」

「実は——時計塔から飛び降り自殺をした女性についても、色々と調べていたの」

真琴が八雲から頼まれていたのは、水原紀子が自殺した前後の状況について聞き出すことだった。

話の経緯《いきさつ》はともかく、話題を紀子に持って行くことができた。

「紀子さんのことが、花苗ちゃんのことに、関係があるって考えてるわけ？」

加藤は、かなり動揺していたようだが、落ち着きを取り戻したらしく訊ねて来た。

「現段階では、何とも言えないけど……でも、だからこそ、調べてみる価値はあると思っているの」

真琴は熱意の籠もった口調で言った。

「おれ、大したこと知らないっすよ」

「それでもいいの。水原さんが、自殺する前後のことについて、教えて欲しいの」

加藤は、しばらく迷った素振りを見せていたが、やがて小さく頷《うなず》いた。

6

石井は、ちょうど時計塔の前に立っていた——。

八雲がもう一度、見たいと言い出したのだ。

今、八雲が立っているのは、瀬尾が悲鳴を聞いたという、まさにその場所だった。

じっと時計塔を見上げたまま、ピクリとも動かない。

レンガ造りの時計塔は、時代に取り残されたように見える。同じ時を指したまま、止まっている時計が、そう思わせているのかもしれない。

「何か分かりましたか？」

石井が訊ねると、八雲がこちらに顔を向けた。

その顔には、いつになく焦燥感が滲《にじ》んでいるように見えた。晴香のことを案じているが故なのだろう。

かくいう石井も、同じ気持ちだ。

じっくり捜査をしている余裕はない。少しでも早く、晴香の無実を証明しなければならない。

何かを言おうと口を開きかけた八雲だったが、その前に携帯電話に着信があった。

八雲は、電話に出て何やら話を始める。相手の声ははっきり聞こえないが、おそらく後藤だろう。

石井は、ため息を吐きながら改めて時計塔を見上げた。

——本当に大丈夫なのだろうか？

その不安が首をもたげる。

晴香の無実を証明するために、八雲を信じると決めたはずなのに、少しのことでその考えが揺らいでしまう。

優柔不断な自分に、つくづく嫌気が差す。

後藤のように、もっと真っ直ぐに進むことができれば、こんな風に余計なことで悩むこともないのに――と思う。

今回の事件が起きてから、石井はずっと迷ってばかりだ。

「石井さん！」

急に声をかけられ、石井はビクッと飛び跳ねる。

振り返ると、そこには真琴の姿があった。

「ま、真琴さん」

「元気ないですね」

真琴は、石井の心情を見透かして口にする。

「いえ、その……まあ……」

「大丈夫です。きっと、何とかなります」

石井とは対照的に、真琴は笑顔でガッツポーズを作る。

「真琴さんが羨《うらや》ましいです」

「どうしてです？」

「こんなときも、迷わずに信じる道を突き進んでいます。後藤刑事もそうです。なのに、私ときたら……」

石井が掠《かす》れた声で言うと、真琴がニッコリと笑みを浮かべた。

「本音を言うと、私も迷ってるんです」

「そんな風には見えませんけど……」

「前に、私の恩師に言われた言葉があるんです」

「何ですか？」

「先の見えない未来を予測して悩むより、自分の信じる結果に辿《たど》り着けるように、前に進む方が楽しいだろ──って」

真琴が、本当に楽しそうに言った。

楽観主義の極みのような言葉だが、納得できる部分もあった。

ここで悩んだところで解決しない。解決するための方法を考え、そこに向かって行動することの方が、今は大事なのだろう。

ほんの少しだけだが、迷いが晴れたような気がした。

「ありがとうございます──」

石井が礼を言ったところで、八雲が電話を終えて歩み寄って来た。

「真琴さんも合流したことですし、場所を移しましょう」

八雲の提案で、近くにある校舎のラウンジに移動することになった。

窓がなく、穴蔵のような場所で、学生の行き来もほとんどない。ここなら、ゆっくりと話ができそうだ。

「真琴さん──どうでした？」

全員がソファーに座ったところで、八雲が切り出した。

真琴は大きく頷き、持っていた手帳を開いてから口を開く。

「自殺した水原紀子さんについて、色々と聞き出してみたんですが……彼女は、自殺する前から様子がおかしかったようです」

「おかしいとは？」

八雲が眉間《みけん》に皺《しわ》を寄せ、疑問を口にする。

「元々、あまり喋《しゃべ》る人ではなかったようなんですが、ある日を境に、塞《ふさ》ぎ込むようになり、誰かに話しかけられても、聞こえていない――という感じだったようです」

「それって、西澤って人の症状に似ていませんか？」

石井は、ぱっと思いついたことを口にした。

「確かに似ていますね」

八雲が、顎《あご》に手をやりながら答える。

「もしかして……自殺した水原さんも、時計塔で幽霊を見て、おかしくなっていったんじゃないでしょうか？」

口にしてから、石井はいくら何でも的外れだと発言を後悔した。

鏡が黄泉《よみ》の国に繋《つな》がっていて、そこで死者に会った者は、同じように黄泉の国に連れて行かれる――そんなことはあり得ない。

「可能性としては、否定できません」

「え？」

八雲の想定外の言葉に、石井の方が驚いてしまう。

「あり得ないと斬り捨ててしまえば、真実が見えなくなってしまいます」

「それは、そうですが……」

自分で言っておいて何だが、流石にそれは無理があるように思える。

「まあ、推論は置いておいて……真琴さん。水原さんの自殺の理由についてはどうです？」

八雲が、話を先に進める。

「それなんですけど……水原さんは、とても繊細な女性だったようです。感受性が強くて、どことなく儚《はかな》い印象だったそうです」

「写真を見ただけですが、ぼくも同じ感想を抱きました……」

真琴の言葉に八雲が応じる。石井も同感だった。

自殺《もろ》した——という事実からの先入観もあるかもしれないが、今にも消えてしまいそうな脆さを感じた。

「そんな感じだったので、自殺したときは、みんなどこか納得していたみたいです。ただ……具体的な動機については……」

「例の二人はどうです？」

八雲が、怖いくらい鋭い視線を真琴に向ける。

「二人とも、水原さんとは親交があったようです。具体的にどういう関係だったかについては、分からないということでした……」

真琴は、はっきりした情報を仕入れられなかったことを、申し訳なく思っているようだったが、八雲の方は、特に気にした素振りはなかった。

「分かりました――」

無表情にそう言ったあと、八雲は腕組をして俯《うつむ》く。事件について、色々と考えを巡らせているのだろう。

少しでも八雲の考えが整理できるように、気の利いた意見の一つも言いたいところだが、石井には何も思い浮かばない。

そもそも、八雲が誰に疑念を抱き、どこを目指しているのかすら分からないのだ。

真琴も同じ気持ちのようで、悔しそうに唇を噛《か》んでいる。

しばらく、静寂の中で考えを巡らせていた八雲だったが、不意に顔を上げた。

「真琴さん。もう一つだけ頼みたいことがあります――」

八雲はそう言って、口許《くちもと》に笑みを浮かべた。

7

後藤が、明政大学の校門前に車を停めると、すぐに八雲と石井が歩み寄って来た。

流石に二人とも、かなり疲れた顔をしている。

事件が起きてから、ずっと動きっぱなしなので無理もない。

八雲が、いつものように後部座席に乗り込む。石井は、運転席側のドアの前でまごまごしている。

「あ、あの……運転、代わります」

石井が、申し訳なさそうに口にする。

思えばこのところ、車の運転はいつも石井だった。それが当たり前になっていたし、石井自身、自分の仕事だと思っているのだろう。

とはいえ、こんなに憔悴《しょうすい》した石井が運転したら、事故を起こしそうだ。

「いいから助手席に乗れ」

「いや、しかし……」

石井が無駄な動きで、オロオロとしだす。

「モタモタすんな！」

後藤が怒声を上げると、石井は「はいっ！」と飛び跳ねるようにして返事をして、大慌てで助手席の方に廻《まわ》る。

転んだ――。

「それで、調査の結果はどうでした？」

石井がどうにか助手席に乗り込んだところで、八雲が切り出した。

「ああ。色々と分かったぜ」

八雲に資料を渡そうとしたが、できなかった。

助手席のシートに置いておいた資料の上に、石井が座っていたのだ。

「尻《しり》をどけろ」

後藤は、石井の尻の下からはみ出している資料の端を摑《つか》みながら言う。

「へ？」

「資料が、お前の尻の下にあるんだよ」

「え？　あっ！　はい！　すみません！」

ちょっと尻を浮かせればいいものを、石井は大慌てで立ち上がり、ゴンッと車の天井に頭をぶつけて蹲《うずくま》る。

「何やってんだよ」

「す、すみません――」

石井が尻を浮かせて、ようやく資料を救出することができた。

資料を渡すだけのことで大騒ぎだ。

そんなやり取りを見て、後部座席で八雲が笑っていた。ずいぶんと久しぶりに、八雲の笑顔を見た気がする。

晴香の事件で、張り詰めていた八雲の精神が、少しでも和らいだなら良しとしよう。

「ほらよ――」

後藤が資料を渡すと、八雲は食い入るようにその内容に目を通して行く。

「あれは、何の資料なんですか？」

石井が指先でメガネの位置を直しながら、訊《たず》ねて来た。

「さあな」

後藤は、答えるのが面倒臭くて、素っ気なく返した。

八雲が読んでいる資料に書かれているのは、ある男に関するものだ。

その男は、三年前に警察に厄介になっている。

ただ、その内容は、今回の事件とはまったく無関係のものだ。とはいえ、無視できない側面もある。

八雲は、その男の資料が、警察にあると事前に推察していたのだ。

——いったい、どう事件にかかわってくるのか？

後藤が考えている間に、八雲が資料から顔を上げる。その目は、いつになく力強かった。

どうやら、あの資料の中から、事件に繋がる重要な何かを摑んだらしい。

「おい。八雲……」

訊ねようとしたが、八雲に遮られた。

「石井さん。事件が起こる前に、幽霊を見た——そう言っていましたね」

八雲の言葉に、後藤も石井も一瞬、「え？」となった。

起きたイタズラ。

——いったい何のことを言ってるんだ？

疑問を抱いた後藤だったが、すぐに思い出した。明政大学の近くにある交差点で、起きたイタズラ。

その現場に足を運んだとき、石井が幽霊を見たと大騒ぎした。

八雲の許《もと》を訪れたときも、その話になったが、すぐに晴香の事件が起きたことで、そんなことはすっかり忘れていた。

「は、はい。確かに見ました」

石井が、困惑しながらも口にする。

——なぜ、今その話を？

そう思っているに違いない。後藤も、同じ気持ちだ。

「その幽霊の顔は見ましたか？」

八雲は、こちらの気持ちなどお構い無しに、質問を続ける。

「はっきりとは……」

石井が、上ずった声で答える。

「その幽霊は、男性でしたか？　それとも女性でしたか？」

「女性です」

石井の答えに満足したのか、八雲は大きく頷《うなず》くと、わずかに口許を歪《ゆが》めた。

——いったい何を考えている？

後藤が訊ねる前に、八雲が口を開く。

「今から、その場所に行って下さい――」

「お前……何言ってんだ？　今から行く必要があるのか？」

後藤は思わず口にする。

どういうつもりか知らないが、今は晴香の事件を解決することが先決だ。石井が見た幽霊などに構っている余裕はない。

「必要があるから、言っているんです」

八雲は、この上ないくらい堂々とした口調で言う。

「どうしてだ？」

「分かりませんか？」

「分からねぇから、訊《き》いてんだよ！」

後藤が声を荒らげると、八雲はこれみよがしに、深いため息を吐いた。

これでは、後藤の方が、おかしなことを言っているみたいだ。

「後藤さん。前から言っていますが、資料をちゃんと読み込むクセをつけた方がいいですよ」

八雲が、厭《いや》みったらしい口調で言う。

書類を集中して読むことができないのは、自覚している。だからこそ、書類仕事が苦手なのだ。

だが、それを八雲に指摘されると、無性に腹が立つ。

「余計なお世話だ！　ごちゃごちゃ言ってねぇで、説明しやがれ！」

怒鳴りつけてみたが、驚いたのは石井だけで、八雲は平然と薄笑いを浮かべている。

——本当に憎たらしいガキだ！

「現地に着いたら、説明しますよ」

八雲は、そう言うとサイドガラスに目を向けた。

これ以上、何を言っても口を割るつもりはないのだろう。

「まったく……」

後藤はぼやきながらも、車をスタートさせた。

何を考えているのかは分からないが、八雲が真実に近付いている——という気がしていた。

8

真琴は一軒の家の前に立った——。

明政大学からバスで十五分ほどのところにある、住宅街の一角だ。鉄道会社によって整備された区画で、似たような家が整然と並んでいる。

表札を確認した真琴は、心苦しさを覚えながらも、インターホンを押した。

しばらくして、玄関のドアが開き、一人の女性が姿を現わした。五十代半ばといったところだろう。

小柄で、目尻《めじり》の下がった、いかにも人が好《よ》さそうな女性だった。だが、目の奥には、喩《たと》えようのない暗い影が潜んでいる。

彼女が三年前に自殺した水原紀子の母親、安江《やすえ》だろう。

「先ほどお電話させて頂いた、北東新聞の土方と申します――」

真琴は名刺を差し出す。

女性は「水原です」と名乗り、わざわざお越し頂いてすみません――と丁寧に頭を下げた。

八雲から、水原紀子の家に行き、調べて欲しいことがあると頼まれたが、正直、気乗りしなかった。

自殺で娘を失った親に、どんな顔で会えばいいのか分からなかったし、急な訪問を受《う》け容《い》れてくれるとも思えなかった。

だが、連絡を入れると、安江は二つ返事で了承してくれた。

連絡を取ったとき、自殺問題を提起するための取材だと説明したが、実際はそうではない。嘘を吐いているという罪悪感も重なって、真琴は息苦しさを感じる。

とはいえ、こうやって顔を合わせてしまったのだから、もう覚悟を決めるしかない。

「まず、お焼香をさせて頂けないでしょうか」

真琴が口にすると、安江は微《かす》かに笑みを浮かべて「はい――」と頷いた。

安江の案内で家に入り、奥にある和室に通された。

そこには小さな仏壇が置かれていて、笑顔の女性の遺影が飾られていた。

水原紀子だ――。

とても、綺麗《きれい》な女性だが、こうして改めて写真を見ると、確かに儚《はかな》げな印象があった。

真琴はお焼香をして、遺影に合掌する。

なぜ、彼女は若くして自ら死ぬという選択をしたのだろう？ その疑問が首をもたげた。

真琴の学生時代は、決して楽しいものではなかった。どちらかというと、嫌なことの方が多かった。

それでも、恩田を始めとした多くの人たちの支えがあり、ここまで来た。

水原紀子には、そういった人たちが、いなかったのだろうか？ そう思うと、とても哀しい気持ちになる。

「ときどき、同級生の方もいらしてくれるんです……」

安江がポツリと言った。

「そうなんですか？」

真琴は安江の方に向き直り訊ねた。

「ええ。同じサークルの学生さんです」

「ちなみに、どなたですか？」

「すみません。名前は、失念してしまいましたが、何人かいらしてくれるんです。そうやって、忘れないでいてくれるのが、私どもとしては、何より嬉《うれ》しいんです」

そう言った安江の言葉は、涙に濡《ぬ》れていた。

「そうでしたか――」

安江が真琴の取材を快諾してくれた理由は、おそらくそこにあるのだろう。

娘の存在が、人々の記憶の中から消えていくことを、何より怖れている。だから、どんな形であれ、それを思い出してくれるならば――と取材を受けてくれた。

「紀子《こ》は――とても優しい娘でした。でも、引っ込み思案で、自分の意見を強く主張することが苦手だったんです」

安江が、ポツポツと語り出した。

「自殺する前も、何だか様子がおかしいことは分かっていたんです。でも、一人で抱えてしまう娘だから……それに、もう大人だなんて、楽観視していた部分もあったんです。まさか、死にたいほどに悩んでいるなんて、思いもしませんでした……」

淡々と語る安江の目から、涙が流れ落ちた。

安江は、涙を拭《ぬぐ》うことなく、じっと仏壇の遺影を見つめている。その姿が、余計に真琴の心を締め付ける。

失ってからでないと、重大さに気付けない。安江に限らず、人間誰しもがそうだ。

「紀子さんが、何に悩んでいたのか――その理由に心当たりはありますか？」

傷口に塩を塗り込むような、残酷な質問だと自覚しながらも、真琴は訊《たず》ねた。

安江は、俯《うつむ》き小さく首を振る。

サークルの部長である、加藤と同じだ。

紀子が思い悩んでいたことは確かだが、何に悩んでいたかについては、不明のままだ。

――彼女を追い詰めたのは、いったい何なのか？

引っかかるところだが、それが分かったところで、今回の事件の謎が解けるとは思えない。

だが、八雲は彼女の自殺に何かを感じている。おそらく、真琴たちとは違う何かが見えているのだろう。

「あの……もしよろしければ、紀子さんの遺品を見せて頂きたいのですが……」

真琴は、安江の様子を窺《うかが》いながら訊ねた。

今回、ここに足を運んだ一番の理由はそれだ。八雲は紀子の遺品の中に、今回の事件を紐解《ひもと》く、重大な鍵《かぎ》があると考えているらしい。

「どうぞ。あの娘の部屋は、まだそのまま残してありますから」

安江はゆっくりと立ち上がると、真琴を案内して二階に上がり、階段のすぐ脇のドアを開けた。

六畳ほどの広さの、フローリングの部屋の壁一面には、書棚がズラリと並んでいて、窓際にはデスク、奥にはベッドが置かれていた。

綺麗に整頓《せいとん》された部屋だが、あまり女の子っぽさはなかった。

「入っても、よろしいですか？」

真琴が訊ねると、安江は「どうぞ」と掠《かす》れた声で言った。

部屋の中に入った瞬間、息苦しさを覚えた。紀子の生活の痕跡《こんせき》に触れたことで、彼女をより身近に感じたからかもしれない。

デスクの上には、ノートパソコンがポツンと置かれていた。

「見ても、よろしいですか？」

真琴は安江に断りを入れてから、ノートパソコンの電源を入れた。最初に、パスワードの入力画面が現われた。

これでは、中身を確認することはできない。

安江に聞くことも考えたが、知らない可能性の方が高いだろう。半ば諦《あきら》めかけたとき、不意にある言葉が真琴の頭に浮かんだ。

もしや――と思い、〈TOKEITOU〉とローマ字で入力してみる。

紀子が所属していたサークルが発行していた冊子のタイトルであるだけでなく、活動場所だった。

そして、彼女はそこから飛び降り自殺をしたのだ。

推測が当たっていたようで、パソコンが起動し、モニターにデスクトップ画面が現われる。

本当に書くことが好きだったのだろう。小説の原稿と思われるファイルが、たくさん並んでいた。

——これは！

真琴は、その中の一つに目を向け、思わず絶句した。

9

後藤は、交差点の近くに車を停車させた——。

先日、信号機の柱に赤いペンキが撒《ま》かれるという、イタズラがあった場所だ。石井は、この辺りで幽霊を見たと証言していた。

ここに向かうように指示を出したのは八雲だ。後藤には、なぜわざわざこの場所に足を運ばなければならないのか、その理由が分からない。

少なくとも、今回の事件とは、全くの無関係のはずだ。

「着いたぜ。で、どうすんだ？」

後藤が訊ねると、後部座席に座っていた八雲は、何も答えずに車を降りた。

——まったく。

何の説明もなしに、振り回されるこっちの身にもなって欲しいものだ。

後藤は、内心でぼやきながらも車を降りた。

助手席に座っていた石井もついてくる。

八雲は、信号機の柱に、未《いま》だ残るペンキの痕《あと》を、屈み込むようにしてじっと観察している。

まるで、何かを探しているようだ。

「何してんだ？」

後藤が訊ねると、八雲がゆっくりと立ち上がった。何かを言おうと、口を開きかけたが、それを遮るように八雲の携帯電話が鳴った。

八雲は、電話に出ると、少し離れた場所に移動して、何やら話し込んでいる。

――タイミングの悪い。

「八雲氏は、いったい何を考えているんでしょう？」

石井が、シルバーフレームのメガネを、指先で押し上げながら訊ねて来た。

「さあな」

後藤の方が知りたい。

毎度のことではあるが、事件の概要が全く見えて来ない。こんなことをやっていて、本当に事件は解決するのかと不安になる。

だが、今までもそうであったように、八雲は、全く関係ないと思われた事柄を、丁寧に紡ぎ、事件の真相を浮き彫りにして来た。

だから——。

「何とかなんだろう」

後藤は、吐き捨てるように言うと、ポケットから煙草を取り出す。

「路上喫煙は禁止ですよ。それでも警察官ですか？」

電話を終えたらしい八雲が、厭《いや》みったらしい口調で言ってきた。

「うるせぇな。それくらい分かってるよ。ただ、くわえただけだろうが」

「どうだか」

「だいたい、お前は……」

「少し、黙っていてもらえませんか？」

八雲がピシャリと言う。

自分から振っておいてこれだ。頭に来るが、八雲が相手では、腹を立てるだけ無駄というものだ。

後藤は、ため息を吐きながら煙草をポケットに仕舞った。

八雲は信号が青になるのを待って、横断歩道を渡り始めた。

「何かあるのか？」

訊ねてみたが、返答はなかった。

八雲は、横断歩道の中ほどで屈み込み、そっとアスファルトを撫《な》でると、ペンキの撒かれていた信号機に目を向けた。

そんなことをしている間に、信号は青から黄色に変わる。

八雲は、気付いていないのか微動だにしない。

「信号変わったぞ！」

後藤が声をかけても、八雲は動かない。

「気付いていないんでしょうか？」

石井が、不安げに口にする。

その可能性は、大いにある。八雲は集中すると、周りが見えなくなる傾向がある。

「おい！　八雲！」

後藤が、再び声をかけたときには、横断歩道の信号は赤になっていた。

交差する道路の信号が青に変わる。

幸い、信号で停車している車はなかったが、走って来る路線バスが見えた。

「何やってる！　バスが来るぞ！」

後藤が叫ぶ。

八雲は、ようやく立ち上がると、ふっと空に目を向けた。

その間に、バスが迫ってくる。

「おい！　急いで渡れ！」

後藤が叫ぶのに合わせて、突風が吹いた。

舞い上がった砂埃《すなぼこり》が目に入り、一瞬、視界が奪われる。

「八雲！　何やってる！」

後藤は、目を擦《こす》りながらも必死に声を上げる。

何とか視界を取り戻し、横断歩道に視線を向けると、路線バスが排ガスを撒き散らしながら、通り過ぎて行くところだった。

——八雲はどうなった？

身を乗り出すようにして見ると、道路の反対側に八雲が立っていた。どうやら、無事だったようだ。

「危ねぇだろうが！」

叫ぶ後藤を嘲《あざけ》るかのように、悠然とした足取りで、八雲は横断歩道を渡り戻って来た。

その顔には、妖艶《ようえん》とも言える笑みが浮かんでいた。

「後藤さん。頼みがあります——」

八雲が、落ち着いた口調で言う。

「何だ？」

「関係者を全員、事件現場に集めて下さい」

「それってまさか……」

「ええ。事件の謎は、全て解けました——」

そう言った八雲の声は、自信に満ち溢《あふ》れていた。

10

「西澤さん」

急に声をかけられ、西澤は足を止めた——。

帰宅しようと、バス停に向かっている途中だった。

振り返ると、そこには一人の青年が立っていた。昨日だったか、花苗の事件の件で話を聞きに来た男だ。

「君は……」

「斉藤八雲です。昨日、お会いしましたよね」

八雲と名乗った青年は、ニッコリと微笑んでみせた。だが、それが作り笑いであることは、明らかだった。

「何か用？」

西澤が訊《たず》ねると、八雲は小さく頷《うなず》いた。

「一つだけ、訊《き》きたいことがあるんです」

「何？」

「西澤さんが、時計塔で幽霊を見たのは、確かなんですよね」

なぜ、それを確認しようとするのか、西澤にはその真意が分からなかった。

「それっぽいものを見ただけだよ……」

花苗は、時計塔の噂を信じて、西澤がおかしくなったと思っていたようだが、それは勘違いだ。西澤は、幽霊を見る前も、見たあとも何も変わっていない。いたって正常だ。

「本当は見たんじゃないんですか？」

八雲が、すっと目を細める。

最初に会ったときから感じていたが、怖い目をする。人の心の底を見透かすような、そんな目だ。

「なぜ、そんなことを気にするんだ？」

西澤が訊ねると、八雲は小さく笑った。

「噂では、鏡の前に立つと、亡者に再会できる──ということでした。再会という言葉を使っているということは、知っている人物だと連想されます」

「まあ、そうなるね」

「ですが、あなたは、はっきりとは見ていない」

「そうだね」

「分かりました。それなら、それでいいんです。ありがとうございました──」

八雲は、それだけ言うと踵《きびす》を返して歩き去ろうとしたが、何かを思い出したのか、はたと足を止めた。

夕闇迫る中、その背中が、殺気にも似た異様な空気を放っているようだった。

「そうだ。もう一つ――」

しばらくの沈黙のあと、八雲が背中を向けたまま言った。

「何？」

「あなたは、花苗さんを殺害したのは、別の人であると言っていましたね？」

「そうだったね」

確かにそういう趣旨のことを口にした。

「あのとき、明言はしませんでしたが、あなたは、花苗さんを殺害したのは、桜井さんだと思っている――違いますか？」

八雲の言葉に、西澤はドキリとした。

まさにその通りだったからだ。結果はどうあれ、花苗を死に追いやったのは、桜井だと西澤は確信している。

ただ、それをここで口にするのは憚《はばか》られた。

どんなに言葉を尽くして説明したところで、言い訳じみたものになってしまうだろう。

「おれの口からは、何とも……」

「そうですか。実は、ぼくも同じ結論に達したんです。花苗さんの殺害事件には、桜井さんが関与している――と」

八雲は、平然とした口調で言った。

「どういうこと？」

「理由は今は言えません。ただ……水原紀子さんのときと同じだと、ぼくは考えています」

「それは、つまり紀子は自殺ではなかったと？」

「そう考えています」

八雲がキッパリと言った。

「なぜ、そう思うんだ？」

西澤は、心臓が高鳴り、息苦しさを覚えながらも訊ねた。

ここでようやく、八雲が振り返った。

その表情は、能面のように無表情で、何を考えているのか、さっぱり分からなかった。

だが、それ故に、怖ろしくも感じた。

「今は言えません。ただ一つだけ――」

そこまで言って、八雲は言葉を切った。

細められた目から放たれる光に搦《から》め捕られ、息をするのさえ忘れた。

「桜井さんが書いた『時計塔の亡霊』は、間違いなく盗作です――」

それだけ言い残すと、八雲はゆっくりと歩き去った。

西澤は、その背中を見つめたまま、しばらく動くことができなかった。

なぜ彼が、急にあんなことを言い出したのか？　その真意はまるで分からなかった。

ただ、彼は西澤と同じ結論に辿《たど》り着いているらしかった。

11

晴香は篠田と小野寺に連れられて、警察署の廊下を歩いていた──。

手錠の重みで、何度も足が止まりそうになる。

現場検証に行く──とだけ聞かされているが、詳しいことは何も報《しら》されていない。

──何でこんなことになったんだろう？

今さらのように思う。

自分の友人である花苗が死んでしまったというのに、それを悲しむどころか、殺人の容疑で自らが事情聴取されている。

正直、事件以降、自分の身に起こっていることは、現実味がなく、全てが虚構であるかのように思える。

そんなことを考えているうちに、裏口を潜り、警察署の外に出た。

テレビなどでよく見かける、青に白いラインの入った護送車が停められていた。

ドアが開けられ、乗るように促される。

まさか、自分が護送車に乗ることになるとは──想像すらしていなかった。

重い足取りで、ステップを上り護送車の中に入る。

電車のように対面式の座席が設置されていた。そのシートに、すでに二人の男が座っていた。

——何かの犯罪を犯した人たちだろうか？

「え？」

晴香は、座っている男たちの顔を見て、思わず声を上げた。

二人とも、晴香のよく知る人物だった。

「後藤さん！　それに、石井さんも！」

そこに座っていたのは、後藤と石井だった。

「晴香ちゃん！　本当に無事で良かった。私は、どうなることかと……」

石井が、晴香に駆け寄って来て、今にも泣き出しそうな声で言う。

「これって、いったい……」

晴香は、困惑しながらも後藤に目を向ける。

今回の事件では、容疑者である晴香が知人であることから、捜査から外されていたはずだ。

「聞いてなかったか？　現場検証だよ」

「それは、聞いてますけど……」

「悪いが座ってくれないか？」

あとから入って来た篠田が、不機嫌そうに声を上げる。

晴香が、後藤の隣に腰掛けると、反対側に石井がちょこんと座った。対面の位置に、篠田と小野寺が座ったところで、護送車が走り出した。

「あの……どういうことなんですか？」

護送車が走り出して、しばらくしてから、晴香は改めて後藤に訊《たず》ねた。

「宮川さんに、ちょっとばかり無理を言って、現場検証をしてもらうことになったのさ」

後藤が、肩を竦《すく》めるようにして言った。

「何がちょっとだ！　ああいうのを、無茶苦茶って言うんだよ！」

篠田が、声を荒らげながら言った。

「あん？　まだごちゃごちゃ言うか？」

後藤が突っかかる。

「ああ。言うね。これで、何かあったら、全てお前らの責任だからな」

「そんなことは、百も承知だ。もしものときは、辞表を出してやるよ！」

「お前の辞表程度で、済むと思うなよ」

篠田が舌打ち混じりに言った。

詳しくは分からないが、晴香を連れ出すために、後藤たちは相当な無茶をしたようだ。

必死になってくれたことは嬉《うれ》しいが、申し訳ない気持ちでいっぱいだった。

自分のせいで、後藤たちが、何かの処分を受けるようなことになったのでは、償いようがない。

「いちいちうるせぇ野郎だな！」

「何だと！」

腰を上げていがみ合う二人を、石井と小野寺が必死に宥《なだ》めにかかる。

そうこうしているうちに、護送車は明政大学の敷地に入る。

見慣れたはずの風景が、いつもとは違っているように感じられた。金網越しというのも、あるのかもしれない。

やがて護送車が停車して、ドアが開かれる。

後藤に先導されるかたちで、晴香は護送車を降りた。

外に出ると、暗闇の中で佇《たたず》む人影が見えた。あれは、もしかして——。

「今日、現場検証をやるのは八雲だ」

後藤が、晴香の耳許《みみもと》で囁《ささや》くように言った。その言葉の意味が、胸に染みる。

向こうから、人影がゆっくり歩いて来た。

闇から浮かび上がるように、その顔がはっきりしたものに変わる。

色白で、端整な顔立ちに、寝グセだらけの髪。それに、気怠《けだる》げで眠そうな目——それは、紛れもなく八雲だった。

「八雲君……」

そう口にするなり、我慢していたはずの涙が、ぽろっとこぼれ落ちた。

すぐに、その胸に飛び込みたかったが、できなかった。

手錠が晴香を邪魔していた。動きと心の両方を、縛ってしまっているようだった。

「待たせたな……」

八雲が、照れ臭そうに鼻の頭を掻《か》く。

晴香は涙を拭《ぬぐ》いながら、首を左右に振った。時間など関係ない。こうして、来てくれたことが嬉しかった。

いや、いつか来てくれると思っていた。

だから、辛《つら》く苦しい現実に、耐えることができたのだ。

「信じてた……」

意識することなく、その言葉が飛び出した。

八雲は、小さく笑みを浮かべると、晴香の頭にポンと手を置いた。

「分かってる」

それだけで、晴香の心が救われたような気がした。まだ、何も終わっていないのに、安心感が広がっていく。

「さあ、行こう――」

そう言うと、八雲は踵《きびす》を返して歩き出した。

あとをついて歩き出した晴香の足に、さっきまでの重さはなかった。八雲と一緒なら、その結果が何であれ、進んで行こうと思えた。

もしかしたら、それが信じる――ということなのかもしれない。

12

「おい！　あのガキは何だ！」

後藤に、篠田が突っかかって来た。

現場検証という名目で、晴香を連れ出すことまでは何とか了承させたが、八雲の存在については言っていなかった。

言えば、篠田が騒ぎ立てるのが分かっていたからだ。

「まあ、協力者みたいなもんだな」

後藤が口にすると、篠田の表情がより一層、険しくなった。

「どういうつもりだ？」

「どうもこうもねぇよ。事件を解決するためには、必要なことだ」

「ふざけやがって！」

篠田は喧嘩《けんか》ごしだったが、後藤はそれに応じる気にはなれなかった。

感情を荒らげてはいるが、篠田自身、今回の事件に疑念を抱き始めていることは、明白だった。

だからこそ、宮川の後ろ盾があったとはいえ、後藤たちの要望を呑《の》んだのだ。

しかも、通常はこんな少ない人数で現場検証を行うことなど、あり得ない。

「ふざけちゃいねぇ。おれは、いたって真剣だ。今回の事件を解決するためには、あいつの存在はどうしても必要なんだ」

「民間人に頼るようになっちゃ、警察もお仕舞いだぞ」

篠田が吐き捨てるように言った。

「何を言ってやがる。警察の捜査は、民間人に頼って、初めて成立するもんだろうが」

事件を解決するためには、民間人からの情報は必要不可欠なものだ。だからこそ、靴底を磨《す》り減らして、聞き込み捜査に飛び回るのだ。

「詭弁《きべん》だ！」

確かに、篠田の言う通りの詭弁だ。だが――。

「お前だって分かってるだろう。今回の事件には、間違いなく裏がある。本当は、何があったのか――知りたくはないか？」

後藤が語りかけるように言うと、篠田は押し黙った。

その表情には、迷いが見て取れる。

もしかしたら篠田は、案外自分に似たタイプなのかもしれない。前を歩く八雲と晴香を、止めようとしないのがその証拠だ。

「どうする？　嫌ならついて来なくていいぜ」

後藤は、そう言って八雲の背中を追いかけた。

さっきから、八雲はやたらと携帯電話の画面を気にしている。

「待て！」

声に振り返ると、篠田が追いすがって来た。

小野寺の方は、護送車の前に残っている。どうやら、篠田だけついて来るという選択をしたようだ。

「何だ？　来るのか？」

「お前が、このまま容疑者を逃がしたら、洒落《しゃれ》にならない」

「そんなことするかよ」

「やりそうだから、ついて来たんだよ！」

「少し、静かにしてくれませんか？」

時計塔の前で立ち止まった八雲が、軽蔑《けいべつ》の視線を投げかけながら口にした。

「何だと？」

せっかく、八雲を庇《かば》って篠田を抑えてやっているのに、バカにしているとしか思えない態度だ。

「時計塔には、もう先客がいるんです。気付かれたら、終わりなんです」

八雲が、そう言って時計塔を指差した。

──先客？

「それは、どういうことだ？」

「こういう手は、あまり使いたくなかったんですが、時間がないので、揺さぶりをかけたんです」

「揺さぶり——だと？」

「ここからは、後藤さんたちの仕事です。急いで、時計塔の上に向かって下さい」

八雲が、先に行けと顎《あご》で指し示す。

わけが分からないが、八雲がこういうことを言うときは、決まって何かが起きる。

改めて時計塔に目を向ける。

暗闇の中、佇む時計塔は、異様な気配を発していて、それ自体が巨大な生物であるかのように思えた。

「石井！」

声を上げると、石井が駆け寄って来た。

転んだ——。

「何やってんだ」

「す、すみません」

石井が慌てて立ち上がり、後藤の脇に駆け寄った。

何だか、浮かない顔をしている。幽霊が出るという時計塔に足を踏み入れることを怖れているのか、あるいは——。

とにかく今は、考えているときではない。

「行くぞ！」

後藤は、足早に時計塔に向かう。

正面の扉を開けようとしたが、鍵《かぎ》がかかっていた。そういえば、そうだったと、今さらのように思い出し裏手に回る。

裏口のドアの前に立ったところで、石井に目線で「開けろ――」と合図を送る。

だが、当の石井は眉《まゆ》を下げ、苦笑いを浮かべている。

「怖がってる場合か！」

後藤は、石井の頭に拳骨《げんこつ》を落とした。

「し、しかし……」

石井が涙目で訴えてくる。

そんな弱気では、刑事など務まらない。もう一発拳骨をお見舞いしてやろうかと思ったが、それを遮るように悲鳴が聞こえた。

次いで、人が争うような物音――。

「行くぞ！」

後藤は、言うよりも早くドアを開けて時計塔の中に飛び込んだ。

「な、何をする！」

「お前だ！　お前のせいで！」

言い争う声がした。上の部屋からだ。

次いで、何かが倒れるような物音が続く。

どういうことかは分からないが、八雲の言うように、すでに誰かが時計塔に来ていたらしい。

すぐに駆け出そうとしたが、暗くて階段が見えない。

舌打ちをしたところで、石井が懐中電灯を差し出して来た。後藤は、それを奪い取るようにして、明かりを点《つ》けると、階段を駆け上った。

上の部屋で何かが起きているのは確かだ。息が切れ、太股《ふともも》の筋肉が攣《つ》りそうになるが、それでも必死に足を動かす。

やがて、最上部の部屋に着いた後藤は、懐中電灯の光の先に、思わぬものを見た。

長身で痩《や》せた男が、床の上に倒れていた。見たことのある男だ。確か、八雲と一緒に話を聞きに行った西澤という学生だ。

そしてもう一人、小柄で丸顔の男が、ナイフのようなものを振り上げ、今まさに、西澤の頭に振り下ろさんとしていた。

「何をしてやがる！」

後藤が、怒声を上げると、ナイフを持っていた男の動きが、ピタリと止まった。

予期せぬ来訪者に、唖然《あぜん》としているといった感じだった。

後藤はその隙を逃さず、ナイフを持った男にタックルをして、床の上に押し倒した。

「放せ！　ぼくじゃない！」

男が、がむしゃらにナイフを振り回しながら喚《わめ》く。

どうやら、パニックになっているらしい。

「大人しくしろ！」

後藤は、馬乗りになった状態で、ナイフを持つ男の腕を摑《つか》み、床に叩《たた》きつける。

「ぐっ！」

唸《うな》り声とともに、男の手からナイフが滑り落ちる。

後藤は、すかさず男をうつ伏せにして、両腕を後ろに回したところで、手錠をかけた。

そこでようやく観念したのか、男の動きが止まった。

「違うんだ……ぼくはただ……」

「話はあとで聞いてやる」

後藤は、そう言いながら男を強引に立たせる。

目を向けると、石井が、倒れていた西澤の方に駆け寄り、「大丈夫ですか？」と声をかけている。

あちこち傷はできているようだが、石井の呼びかけに返事をしているので、大した怪我ではなさそうだ。

ふうっと、息を吐いたところで、時計塔の天井にある豆電球の明かりが灯《とも》った。

眩《まぶ》しさに目を瞬《しばた》かせる。

目が慣れて来たところで、八雲が階段を上がり、部屋に入って来た。

現場の状況を見ても、八雲は特に驚いた様子はなかった。まるで、こういう状況になることを、予期していたかのような振る舞いだ。

「やはり、あなたたちでしたね――」

八雲が眉間《みけん》に人差し指を当てながら、呟《つぶや》くように言った――。

13

「これは、いったいどういうことですか？」

石井は、悠然と登場した八雲に向かって訊《たず》ねた。

今になって思えば、ここに来るまでの八雲の言葉は、目の前の状況を暗示していた。

しかし、石井には何が何だかさっぱり分からない。

八雲は、微《かす》かに石井に微笑みかけると、ゆっくりと部屋の中央に歩み出た。

彼が口を開きかけたところで、篠田が、晴香を連れて現われた。そして、目の前に広がる状況を見て、唖然とする。

「これは、いったいどういうことだ！」

篠田が額に汗を滲《にじ》ませながら、声を荒らげた。

「どっかの熊と一緒で、声がデカイですね」

八雲が、ガリガリと寝グセだらけの髪をかき回しながら言った。

「何だと？」

不躾《ぶしつけ》な八雲の態度に、篠田がすかさず嚙《か》みつくが、当の八雲は涼しい顔だ。

「説明をする前に、紹介をしておいた方がいいですね。初顔合わせの人もいるでしょうから——」

八雲は、そう言いながら後藤が捕らえている男の前に歩み寄る。

「彼は、桜井樹さんです。この大学の四年生で、文芸サークルに所属しています。『時計塔の亡霊』という本を書き、新人賞を受賞して、デビューをしています——」

「この人が……」

石井は、八雲の説明を聞き声を上げた。

時計塔に棲《す》む亡霊によって、小説を書かされたと証言していた人物——。

情報と顔は合致したが、同時に疑問が湧き上がってくる。

「なぜ、桜井さんは……」

——ナイフを振り回していたのか？

後藤が止めなければ、石井の隣に立つ青年を、刺し殺していたかもしれないのだ。

「説明はあとでします」

そう言いながら、八雲は石井の隣に立つ青年の前に歩み寄る。

背が高く、異様なほどに痩せていて、どこか暗い影のようなものを背負った青年だ。

青白い顔をしているが、それが死にかけた恐怖からなのか、それとも元々色白なのか、石井には分からなかった。

「彼は、西澤保伸さんです。桜井さんと同じ、文芸サークルに所属しています。この時計塔で心霊現象を体験した人物でもあります」

「え？」

石井は驚きの声を上げた。

八雲から、話は聞いていた。幽霊に憑依《ひょうい》された疑いのある人物だ。そう思うと、その姿が不気味に思え、半歩だけ距離を置いた。

「紹介をして、パーティーでも始めるつもりか？」

突っかかるように言ったのは、篠田だった。

篠田は、八雲がどんな手法で事件を紐解《ひもと》くのか知らない。困惑するのは当然だろう。

そもそも、大学生である八雲が、主導権を握っていることすら看過できないはずだ。

「いいから、少し黙ってろ」

後藤が、篠田に鋭い視線を向ける。

だが、篠田からしてみれば、そんなことで納得できるはずがない。

「これが黙っていられるか！　だいたい、おれはこのガキが、誰なのかもしらないんだ！」

そう言って、篠田が八雲を指差した。

だが、八雲はそんな篠田の言葉を気にする様子もなく、階段に視線を向ける。

「ちょうど良かった。観客が到着したようです――」

八雲が言うのに合わせて、二人の男女が階段を上がって来た。

一人は、石井のよく知る人物、真琴だった。そして、もう一人は知らない男。四十代前半と思われる、凛々《りり》しい顔立ちの男だった。

「北東新聞の土方真琴さんです」

二人が部屋に入るのを待って、八雲が紹介する。真琴は、突然のことに戸惑っているようだったが、軽く会釈を返した。

「何で新聞記者なんか呼んだ？　これは現場検証じゃないのか？」

篠田が、噛みつくような勢いで後藤に詰め寄る。

そう思うのも無理はない。現場検証に新聞記者を同席させるなど、情報を垂れ流しにするようなものだ。

「現場検証ではありません——」

ピシャリと言ったのは、八雲だった。

「何？」

篠田が、怪訝《けげん》な表情を浮かべながら八雲に向き直る。

「ぼくは、真実を明らかにしようとしているんです」

八雲と篠田の視線がぶつかる。

ヒリヒリと痺《しび》れるような緊張感が、石井の方にまで伝播《でんぱ》してくる。

「学生が何を言ってる？」

篠田が八雲ににじり寄る。だが、八雲は一歩も退かない。

「不満に思う気持ちは分かりますが、少し黙っていてもらえませんか？　大丈夫です。あなたには迷惑はかけません。何かあったとき、責任を取るのは、あの熊です——」

八雲は、そう言って後藤に目を向けた。

「ああ。責任でも、何でも取ってやるよ」

言葉は投げ遣《や》りだが、後藤は堂々と胸を張る。

その自信に満ちた態度に押されたのか、篠田は腕組をして押し黙った。しばらくは、様子を見るという選択をしたのだろう。

後藤と八雲は、お互いに視線を合わせて頷《うなず》き合う。

言葉はなかったが、そこには絶対的な信頼関係があるように思えた。

自分は、あんな風に誰かを信じることができるだろうか？　あるいは、信じてもらえているだろうか？

心がふわふわと浮いたような感覚に陥る。

いや、今は考えるのは止《よ》そう。石井は、気持ちを切り替えて八雲に視線を向ける。それを待っていたかのように、八雲が一歩前に出る。

「さて、紹介の途中でしたね。こちらにいるのは、明政大学の准教授で、文芸サークルの顧問でもある、恩田秀介さんです——」

八雲が、真琴と一緒に来た男性を紹介した。

恩田と呼ばれた男性は、ぐるりと部屋の中を見回したあと、小さくため息を吐いた。

「すみません。これは、いったいどういうことなのでしょう？　私には、事情が呑《の》み込めません」

恩田が、怪訝な表情を浮かべながら言った。

正直、石井も恩田と同じ気持ちだ。この場所に駆け付けたらいきなりナイフを振り回す桜井と、襲われている西澤を目にした。

まったくもって、何が起きているのか分からない。

「この状況を説明する前に、まずは事件を整理しましょう――」

八雲はそう言ったあと、部屋の中にいる全員の顔を、ゆっくりと見回した。喋《しゃべ》り方、所作、間の取り方が、何だか芝居がかって見える。

だが、それは敢《あ》えてのことだろう。

八雲はそうすることで、この場の主導権を、自分の手許《てもと》に引き寄せているのだ。

「発端は、小池花苗さんが、そこにいる彼女を通じて、ある心霊現象の相談を持ちかけたことです」

八雲が、晴香に目を向ける。

晴香がわずかに、目を伏せた。おそらく、死んでしまった花苗に対する悲しみを、募らせているのだろう。

「花苗さんは、そこにいる西澤さんと一緒に、時計塔に足を運び、西澤さんが幽霊を目撃しました……」

「怪談話を始める気か？」

口を挟んだのは、篠田だった。

「黙って聞けないなら、ここから追い出すぞ」

すかさず後藤が制する。

「ずいぶんと強気じゃねぇか」

「こっちには、それだけの覚悟があるんだよ」

今にも殴り合いになりそうな空気だった。が、意外にも篠田の方が「進めろ」と退き下がった。

八雲が作り出した、異様ともいえる空気に呑《の》まれているのかもしれない。

「花苗さんは、幽霊を目撃してから、西澤さんがおかしくなったと心配していました」

次に、八雲は石井の脇に立っている西澤に目を向けた。

「おれは、別におかしくなんてない」

すかさず、西澤が反論する。

その反応を見て、八雲は小さく首を振った。

「今は、あなたの意見は関係ありません。あくまで、花苗さんがそう思っていた——と言っているんです」

そう言われると、西澤は黙るしかない。

八雲は、今度は後藤が捕まえている桜井の方に歩みを進める。

「ここにいる桜井さんは、小説家としてデビューしました。しかし、インタビューにおいて、作品は自分が書いたのではなく、時計塔の亡霊に書かされた——そう言っていました」

桜井は何も答えずに、ただ顔を伏せた。

彼の顎《あご》の先から、ポタリ——と汗が滴り落ちる。

「この時計塔には、ある噂がありました——」

八雲は、そう言いながら、部屋の奥に立てかけてある姿見を、すっと指差した。

全員の視線が、汚れた鏡に集中する。

「あの鏡は、黄泉《よみ》の国——つまり、死者の世界と繋《つな》がっていて、亡者と再会することができる——という噂です」

石井は、八雲の説明を聞きながら、ゴクリと喉《のど》を鳴らして息を呑み込んだ。

この場所には初めて足を運んだ。

噂の姿見は、埃《ほこり》をかぶって薄汚れてはいるが、それでも、噂が真実なのではないか——と思えるほど異様な存在感を放っていた。

「それが、どうした？」

篠田が足を踏み出すようにして、八雲に訊《たず》ねる。

「そして——あの夜、事件が起きました」

くりと晴香に視線を向けた。

な視線だったが、晴香は真っ直ぐにそれを見返していた。何の躊躇いも、疑念もない。純粋にお互いを信じ合っている目だ。それを見て、石井はなぜか心苦しさを覚えた——。

14

晴香は、真っ直ぐ向けられた八雲の視線を受け止めた——。

八雲の口から、いったい何が語られるのかは分からない。それは、もしかしたら、自分にとって不都合な真実なのかもしれない。

それでも——。

八雲が導き出した答えなら、受け止めようと覚悟を決めていた。

「まず、はっきりさせなければならないことがあります——」

そこまで言って、八雲は言葉を切った。

部屋の中を、重苦しい静寂が包み込む。晴香はもちろん、他の人たちも、次の八雲の言葉を待っている。

今の八雲からは、そうさせるだけの異様な気配が放たれている。

長い沈黙のあと、八雲が微《かす》かに笑みを浮かべた。

「彼女は、花苗さんを殺していない――」

はっきりとした八雲の声が、室内に響き渡った。

――私じゃない。

晴香は、一気に力が抜け、その場に座り込みそうになるのを、辛うじて堪《こら》えた。

後藤と石井は、ほっとしたような笑みを浮かべている。だが、晴香の隣にいる篠田は違った。

「何を根拠に、そんなことを言ってる？　そもそも、彼女は自供しているんだぞ！」

篠田が声を荒らげる。

晴香自身、記憶がないが、取調べ中に篠田から何度も聞かされた。「殺害を認めただろ――」と。

八雲は表情一つ変えることなく、真っ直ぐに篠田に歩み寄る。

「自供したのは、彼女ではありません」

淡々とした口調で八雲が言う。

「何を言ってる？　こっちは、彼女が犯行を認める証言をしたのを、確かに聞いているんだ」

「本当にそうですか？」

が言いたい？」

が殺害しました――と明言したんですか？　それとも、私の責任だ――といった風に抽象的な発言でしたか？」

八雲が、篠田に詰め寄る。

「抽象的な言い回しだったが、あれは殺したという意味だろう」

篠田の反論には、力が無かった。

「警察は、いつからそんな拡大解釈をするようになったんですか？」

「なっ……」

「あなたたちは、事件解決を急ぐあまり、彼女の曖昧《あいまい》な内容の発言を、自供と受け取った——違いますか？」

八雲の鋭い視線に気圧《けお》されたのか、篠田が後退《あとじさ》る。

が、すぐに壁に阻まれ逃げ道を失った。

「そういうことだったのか……」

後藤が、苦々しい表情を浮かべながら言った。

「あの状況では、そう思うのは当然だろう。それに、目撃者もいたんだ」

篠田が反論するが、その声に力はなかった。

「そういう問題じゃねぇだろう！」

篠田に食ってかかろうとする後藤を、八雲が制した。

「少し、落ち着いて下さい。そもそも、あの発言は君がしたものじゃないんだろ？」

八雲が、微かに笑みを浮かべながら訊ねた。

晴香は大きく頷《うなず》いてみせる。

「私は、そんなことを言った覚えはありません」

「じゃあ、こいつが、証言を偽装したってのか？」

さらに食ってかかろうとする後藤を、今度は石井が止めに入った。

「ふざけるな！　証言の偽装なんかするわけないだろ！　いい加減なことを言うな！」

「その通りです。篠田さんは、証言を偽装してはいません」

八雲の放った言葉に、その場にいた全員が「え？」となる。

「どういうことだ？」

後藤が、説明を求めて八雲に視線を向ける。

八雲は面倒臭そうに、寝グセだらけの髪を、ガリガリとかき回したあと、口を開いた。

「それを証言したのは、亡くなった小池花苗さんなんですよ——」

八雲の一言で、部屋が静寂に包まれた。

「花苗が……」

晴香が絞り出すように言うと、八雲が大きく頷いた。

「彼女は、君に憑依《ひょうい》している。今も——」

「花苗……」

八雲からその事実を聞かされても、それほど驚きはなかった。なぜなら、ずっと花苗の気配を感じていたからだ。

巧《うま》く説明できないが、すぐそこで見ている——そんな感覚だ。

それに、もしそうだとしたら、事件の前後や取調べ中の記憶が途切れ途切れで、曖昧な理由も頷ける。

八雲が取調室に来たとき、幾つか不可解な質問や言葉があった。今になって思えば、それは、晴香にではなく、憑依していた花苗に向けられていたものなのだろう。

「つまり、彼女の証言は、花苗さんの言葉で、私の責任——という言葉は、巻き込んでしまった君に対する言葉だった」

「私に……」

自分が殺されていて、なお他人を気遣う——花苗らしいと思うと同時に、彼女の死を改めて実感し、胸が張り裂けるような痛みを感じた。

「何をバカなことを……」

口にしたのは、篠田だった。

晴香を始め、後藤、石井、それに真琴は、八雲の特異な体質について理解しているからこそ、その言葉を信じられるが、他の人はそうではない。

「説明がまだでしたね——」

八雲は、そう言うとわずかに俯《うつむ》き、左眼に嵌《は》めているコンタクトレンズを外し、ゆっくりと顔を上げた。

深紅に染まったその左眼に、みなが息を呑《の》む——。

晴香にとっては綺麗《きれい》な瞳《ひとみ》だが、誰もが同じ印象を抱くわけではない。むしろ、それを奇異の視線で見る者の方が多い。

人は、自分とは異なる者に対して、どこまでも残酷なのだ。

「な、何だその眼は……」

最初に口を開いたのは、篠田だった。

微かにではあるが、その声は震えているようだった。

「ぼくのこの左眼はただ赤いだけじゃありません。他人には見えないものが、見えるんです——」

「見えないものだと？」

篠田が眉間《みけん》に深い皺《しわ》を刻む。

「ええ。死者の魂——つまり幽霊です」

「な、何を……」

「こいつの言ってることは本当だ。おれも最初は、信じられなかったが、一緒に行動していると、嫌でも信じさせられる」

後藤が、語りかけるような口調で言う。

「そんなわけないだろ。バカバカしい」

篠田が、大きく頭《かぶり》を振る。

自分の常識を覆すような事実は、そうそう受容《うけい》れられるものではないのだろう。

「別に、信じてもらわなくても構いません」

そう断言したのは、八雲だった。

「何？」

「それがなくても、彼女の無実は証明できますから――」

そう言うなり、八雲が口許《くちもと》に妖艶《ようえん》な笑みを浮かべてみせた――。

15

後藤は八雲からの説明を聞き、ようやく納得した――。

取調べ中に晴香が口にしたのは、殺害の自供ではなく、死んだ花苗からのメッセージだったのだ。

そして、篠田たちはその曖昧な言葉を、自供だと判断した。

一概に篠田たちを責めることはできない。凶器に指紋が付着していた上に、目撃証言もあった。

それが先入観になり、判断を誤らせた。後藤に対する意地のようなものもあったのかもしれない。

だが、問題はこれからだ。

日本の警察も、司法も、幽霊の証言を採用しない。さっき八雲自身が言ったように、幽霊を抜きにして、晴香が無実であることを証明しなければならない。

八雲は、ゆっくり石井の許に移動し、何ごとかを囁《ささや》いたあと、桜井の前まで歩みを進めた。

「まずは、あなたからですね――」

八雲に見据えられ、桜井が表情を引き攣《つ》らせる。

赤く染まるその左眼を怖れたのか、あるいはもっと別の何かなのか？

「今回、唯一、真実を口にしていたのは、あなたかもしれませんね」

八雲が、静かに言った。

「どういうことだ？」

後藤が訊《たず》ねると、八雲は視線を真琴に向けた。

「真琴さん。彼は『時計塔の亡霊』という作品は、この場所に棲《す》む亡霊に書かされた――そう言っていたんですよね」

「はい。確かに、そう言っていました」

真琴が、はっきりとした口調で答える。

彼女の隣にいる准教授の恩田は、困惑の表情を浮かべている。

「さっきも言ったように、桜井さんの証言は、正しかったんです」

八雲が、改めて桜井に向き直る。

「つ、つまり、幽霊に憑依されて、原稿を書いたということですか？」

疑問を投げかけたのは、石井だった。

「憑依ではありませんね。正確には、亡者が残した原稿を、盗作した——といったところでしょうね。そうですよね。桜井さん」

八雲が、桜井にずいっと詰め寄る。

「な、何を……そんな……」

桜井が、震える声を発し後退《あとじさ》ろうとするが、後藤がそれを阻んだ。

ここで逃がすわけにはいかない。

「なぜ隠すんです？　そもそも、あなたは隠すつもりなんて無かったんでしょ？」

八雲の問いかけに、桜井は俯いた。

小柄な身体が、微《かす》かにではあるが、震えているようだった。

「本当に、あの作品が盗作なんですか？」

質問をしたのは、ずっと黙っていた恩田だった。

八雲は、恩田に目を向けると、わずかに目を細めた。

「先生も本当は、気付いていたんじゃないんですか？」

「どういうことだね？」

八雲の疑問に、恩田が問い返す。

「文芸サークルで発行されている冊子を読みました。その中に収録されている桜井さんの作品と、『時計塔の亡霊』は、明らかに作風が違いました」

「それは、確かに私も感じたが……でも、それは技術が向上したということではないのかな？」

八雲の言葉に、恩田が冷静に返す。

「それは本気で言っていますか？」

「どういう意味だね？」

「あれは、技術論で説明できるレベルではありません。もっと根本的な部分で、違っているんです」

「そうかもしれないが……人は変わるものだ。精神的な成長が、作品に大きな影響を及ぼすことはあるだろう？　今までに、そういう作家は何人もいた」

後藤には文学のことはまるで分からないが、恩田の説明は理に適《かな》っているような気がした。

八雲を信じていないわけではないが、作風の違いだけで、盗作と断定してしまうのは、少しばかり乱暴なように思える。

「まあ、先生の言い分も一理あります」

八雲は苦笑いを浮かべて俯いた。

恩田に否定されたことで、八雲が組み立てた理論が破綻《はたん》してしまったのではないかと、不安に感じた後藤だったが、それはすぐに払拭《ふっしょく》された。

八雲が再び顔を上げる。

「ぼくも、何もそれだけで、決めつけているわけではありません。今のは、あくまで疑念を抱くきっかけです」

八雲のこの言いよう。それはつまり――。

「何か証拠があるってことか？」

後藤が訊ねると、八雲は「ええ」と答えて、真琴に目を向けた。

「真琴さん。教えてあげて下さい――」

驚いた素振りを見せた真琴だったが、すぐに気持ちを切り替えたのか、大きく頷《うなず》いた。

「実は、水原さんの家に行って来たんです。彼女のノートパソコンの中に『時計塔の亡霊』のオリジナルデータがありました。彼女が死んだのは、三年前です。少なくとも、それ以上前に書かれたものです」

説明しながらも、真琴の声が微かに震えていた。

おそらく、死んだ水原紀子、あるいはその親族に対する複雑な想いからだろう。

「つまり『時計塔の亡霊』を書いたのは、桜井さんではなく、本当は水原紀子さんだったんです――」

八雲がそう告げるなり、桜井がくずおれるように、その場に跪《ひざまず》いた。

口には出さなくても、その反応こそが、今の話が真実であったことの証明だ。

「やっぱり、そうか……」

唸《うな》るように言ったのは、西澤だった。鋭い眼光で、桜井を睨《にら》み付けている。

どうやら、西澤は以前から、その作品が桜井ではなく、水原紀子の手によるものだと気付いていたのだろう。

「水原紀子さんの原稿を手に入れた桜井さんは、オリジナルの原稿を改編して、出版社の新人賞に応募しました。それが、受賞し、出版されることになった。おそらく、一番驚いたのは、桜井さんだと思いますよ」

八雲が、跪く桜井に向かって言った。

「なぜだ？」

八雲の説明には納得したが、最後の一言の意味が、後藤には分からなかった。

――なぜ、桜井自身が一番驚いたのか？

出版社の新人賞に応募したということは、脚光を浴びようという虚栄心や、下心があったはずだ。

「やっぱり、あれは紀子の作品だったんだな……」

後藤の疑問を遮るように、低く獣のような唸り声がした。

西澤だった――。

気付くと、西澤は泣いていた。

涙に濡《ぬ》れた赤い目で、真っ直ぐに桜井を見据えている。

「お前は……あの作品欲しさに、紀子を殺したんだ……おれから、紀子を奪ったんだ……

…」

西澤の発した声は、歪《ゆが》んでいた。

怒りや憎しみといった感情が混ざり合い、殺意にも似た空気を発している。吊《つ》り上がった目は、正気とは思えなかった。

――マズイ！

そう思ったときには遅かった。

西澤は壁に立てかけてあった、金属製の棒を掴《つか》むと、それを振りかざし、桜井に襲いかかった。

後藤は、咄嗟《とっさ》に腕を翳《かざ》してその攻撃を弾《はじ》いたものの、強烈な痛みで跪いた。

「邪魔するな！　おれは、復讐《ふくしゅう》を果たすんだ！」

西澤は、後藤に向かって、鉄の棒を大きく振りかぶった。

その形相は、何かにとり憑《つ》かれたような鬼気迫るものだった――。

今まさに、鉄の棒が振り下ろされようとしたとき、石井が飛び出して来て、西澤の腰にしがみついた。

「放せ！」

西澤は大きく身体を捩《よじ》り、石井を振り払う。

弾き飛ばされた石井は、ゴロゴロと床の上を転がり、晴香を巻き込んで倒れた。

再び、西澤が桜井に身体を向ける。

「くっ！」

――万事休すだ。

そう思った刹那《せつな》、西澤の身体がいきなり横向きに倒れた。

――何だ？

目を向けると、篠田だった。あっという間に、西澤を床の上に組み伏せ、手錠をかけてしまった。

「まさか、お前に助けられるとはな……」

後藤が苦笑いとともに言うと、篠田は苦い顔をした。

「お前なんかを助けるとは、一生の不覚だ」

「うるせぇ！」

後藤は、舌打ち混じりに言いながら、どうにか立ち上がった。

16

石井が這《は》いつくばるようにして顔を上げると、篠田が西澤を組み伏せていた。

後藤も、無事だったらしい。

ほっと胸を撫《な》で下ろしたのも束の間、石井のすぐ近くで、晴香が足を押さえて蹲《うずくま》っていた。

西澤に弾き飛ばされたときに、晴香を巻き込んで倒れてしまった。

思いがけず、晴香に怪我を負わせてしまったらしい。

「だ、大丈夫ですか？」

石井は、慌てて起き上がり晴香に声をかける。

「はい。ちょっと捻《ひね》っただけです……」

晴香は、笑顔で答えたが、額には脂汗が滲《にじ》んでいる。相当に痛いのだろう。

——何てことだ！

石井は、自らを恥じた。

後藤を助けられなかったことや、晴香を巻き込んでしまったこともそうだが、問題はもっと前にあった。

盗作の話を始める前、八雲は石井のところに来て「西澤さんから、目を離さないで下さい——」と警告していた。

こうなることを、防ぐための言葉だったのに、石井は何もできないばかりか、事態を悪化させてしまった。

悔しさに塗《まみ》れている石井の方に、八雲が歩み寄って来た。

叱責《しっせき》を受けるのかと思ったが、八雲は石井の前を通り過ぎ、晴香の許《もと》に歩み寄る。

「痛むか？」

八雲の問いかけに、晴香は「うん。結構痛い——」と泣き出しそうな表情を浮かべる。

それが石井にはショックだった。

自分は、晴香に弱音を吐いてもらえる存在ではないのだ。

「そのまま座っていろ」

八雲は、晴香に告げたあと、今度は石井の前に立った。

石井を見る八雲の視線が、どこか冷ややかであるように感じられた。

「すみませんでした。こうなる前に、拘束しておくべきでした。少し、揺さぶりをかけ過ぎました」

沈痛な面持ちで八雲が言う。

彼が謝ることではない。対応できなかった、石井の方にこそ問題があるのだ。

「いや、違います。私が……」

石井の弁明を遮るように、八雲はくるりと背中を向け、改めて西澤の許に歩み寄る。

西澤の顔は苦渋に満ちていた。

「おい！　八雲！　これはどういうことだ？」

後藤が痛めた腕を押さえながらも、八雲に詰め寄る。

「見たまんまですよ」

八雲はいかにも面倒臭そうに、寝グセだらけの髪を、ガリガリとかき回す。

「分からねぇ！」

「そうだ。これは、いったい何なんだ？」

後藤だけでなく篠田も声を上げる。

八雲はふっと息を吐いてから、ゆっくりと口を開いた。

「後藤さんと石井さんが、この部屋に入って来たとき、桜井さんが、西澤さんに向かってナイフを振り上げていましたよね――」

まさに八雲の言う通りだ。

「桜井さんが、西澤さんを殺そうとしていました」

詳しい事情は分からないが、石井にはそう見えた。それが、さっきは立場が逆転していた。そこが、分からないのだ。

「それは、逆だったんですよ」

八雲がさらりと言う。

その途端、西澤がギリギリと歯軋《はぎし》りをした。

「逆ってのは、どういうことだ？」

後藤が八雲に詰め寄る。

「ですから、言葉のままです。西澤さんが、桜井さんを殺そうとして、ここに呼び出したんです」

「でも……」

堪《たま》らず口を挟んだ石井だったが、八雲が手を翳してそれを制した。

「西澤さんは、ここで桜井さんに襲いかかった。でも、逆襲に遭い、立場が逆転してしまった。そこに後藤さんと、石井さんが入って来たんです」

「なっ！」

石井は、驚きで目を丸くした。

「その人の言う通りです。ぼくは、西澤に襲われて、仕方なく……そしたら、あなたたちが入って来たんです」

桜井が、身を乗り出すようにして訴える。

単に言い逃れをしようとしているのではなく、真に迫った言葉であるように、石井には感じられた。

「黙れ！　人殺しが！　全部、お前が悪いんだ！」

西澤が身を捩《よじ》りながら、歯を剝《む》き出すようにして叫ぶ。

唾《つば》が飛び散り、目が血走り、まるで獣のような形相に、石井は思わずたじろぐ。

だが、八雲は違った。

ゆっくりと西澤の前に屈み込むと、その顔をじっと覗《のぞ》き込んだ。

「そうやって、あなたは自分の犯した罪を忘れ、他人に全ての責任をなすりつけた。今回の事件は、全てあなたの責任だと言っても過言ではありません――」

八雲の言葉は、嫌悪感で溢《あふ》れていた。

その迫力に気圧《けお》されたのか、西澤が唇を嚙《か》んで押し黙る。

「ちゃんと説明しろ」

後藤が、焦《じ》れたように八雲に詰め寄る。

八雲は再び立ち上がり、改めてそこにいる全員を見渡してから、静かに語り始めた。

「西澤さんは、かつて水原紀子さんと交際していました。しかし、その紀子さんは、飛び降り自殺をした——」

「違う！　あれは自殺なんかじゃない！　桜井が殺したんだ！」

西澤が、顔を真っ赤にしながら叫ぶ。そこには、強い怒りが感じられた。

「そんなわけない。あれは、間違いなく自殺だった」

篠田が、西澤を押さえつけながら反論する。

水原紀子の捜査を担当したのは篠田だ。ここで、その内容が覆るようなことになれば、それこそ大問題だ。

「篠田さん。あなたは、彼のことを覚えているでしょ？」

八雲が、西澤に視線を向ける。

困惑しながらも、篠田は改めて西澤の顔を覗き込む。そして、何かを思い出したように、はっとなる。

「そうです。三年前も水原紀子さんが自殺じゃないと、騒ぎ立てた学生は、西澤さんです」

「そうだった……こいつだった……」

篠田が苦い顔をする。それは、西澤も同じだった。

「どうやら、お互いに忘れていたようですね。まあ、今は、水原紀子さんが自殺だったのか、他殺だったのかは、置いておきましょう」

八雲が、ポツリと言った。

「え？」

——それは、重要なことではないのか？

石井の疑問を余所《よそ》に、八雲はゆっくりと姿見の前に移動する。

「事実がどうであったかは別にして、西澤さんは、桜井さんが水原紀子さんを殺害した——そう思い込んでいたんです」

「なぜだ？　なぜ、そんな風に考える？」

すかさず後藤が疑問を挟む。

「その理由は——二重の意味で、時計塔の亡霊でした」

八雲が、すっと眉間《みけん》に人差し指を当てる。

「二重の意味？」

石井が訊《たず》ねると、八雲はにいっと口の端を吊《つ》り上げて笑った。

「西澤さんは、ずっと、水原紀子さんの自殺に疑念を抱いていました。彼女は、自殺ではなく、殺されたのだ——と。そして、その犯人は、桜井さんだと」

八雲が、桜井に目を向けた。

「ち、違う。何かの間違いだ……」

桜井は、真っ青な顔で必死に否定する。

八雲は何か言うかと思ったが、今度は西澤に視線を向けて続ける。

「西澤さんは、疑いを持っていたが、証拠は何も無かった。だが、三年経った今になって、彼の疑念を増幅させる出来事があった……」

「『時計塔の亡霊』が新人賞を受賞して、発売された――」

八雲の言葉をつなぐように言ったのは、真琴だった。

「そうです。『時計塔の亡霊』は、水原紀子さんによって書かれたものです。その文体から、彼女の作品であると推察していた西澤さんは、桜井さんが、彼女の作品を奪うために殺した――と思い込むようになったんです」

「違う！　ぼくは、そんなつもりで、あの作品を出したんじゃない！」

「黙れ！　お前は紀子の命だけじゃなく、作品まで奪ったんだ！」

八雲が言い終わるのと同時に、桜井と西澤が、次々と叫び声を上げる。

そのまま際限のない言い合いが始まりそうだったが、後藤と篠田が、それぞれを黙らせる。

八雲は、満足そうに小さく頷《うなず》いてから続ける。

「それともう一つ、西澤さんの疑念を決定付ける出来事が起きました――」

「何があったんですか？」

石井は答えを求めて、すがるような視線を八雲に向ける。

近くにいる晴香も、胸に手を当て、じっと息を殺して八雲の言葉を待っている。

「ある日、時計塔にまつわる噂を耳にした西澤さんは、その真相を確かめるために、ここに足を運びました。そして——幽霊を見た」

八雲が、西澤に目を向ける。

その瞬間、西澤の目に涙が浮かんだ。

「おれは……ここで紀子に会ったんだ……」

「え！」

晴香が、驚きの声を上げた。

西澤は洟《はな》をすすり、しゃくり上げるようにしながら続ける。

「紀子は、言っていた。自分は、自殺ではなく桜井に殺されたんだって……仇《あだ》を討って作品を守って欲しいって……だからおれは……」

そこまで言うのが精一杯だった。

西澤は、突っ伏すようにして、声を上げて泣きじゃくった。悲鳴にも似た泣き声を、石井はただ呆然《ぼうぜん》と聞いていた——。

17

晴香は、息が詰まる思いだった——。

八雲の口から語られるのは、衝撃的な事実ばかりだった。特に、今回はずっと勾留《こうりゅう》されていたこともあり、話の流れすら分かっていなかったので、余計にそう感じるのかもしれない。

ただ、花苗が持ち込んだ心霊現象については、はっきりした。

「つまり、花苗が西澤さんの様子がおかしいって言ってたのは……」

「そうだ。彼は、この場所で幽霊を見てから、復讐《ふくしゅう》にとり憑《つ》かれてしまったんだ」

晴香の言葉を引き継ぐように、八雲が言った。

その目は、憂いに満ちているようだった。

「何で、そんなことに……」

晴香には、到底理解できなかった。

西澤が愛する人を失った気持ちには同情する。哀しみや喪失感は、想像を絶するものであっただろう。

しかも、自殺として処理されてはいたが、本当は殺されたと知ったときの怒りは、激しいものであったに違いない。だが——。

それでも、やはり復讐のために誰かを殺そうとするなど、歪《ゆが》んでいると言わざるを得ない。

「花苗さんは、彼が復讐しようとしていることを知っていて、止めようとしていたんだ。だから、君に相談を持ちかけた……」

「なぜ私に？」

「君が、心霊がらみの事件を、数多く経験しているというのもあるが、何より——君のことを信頼していたんだと思う」

いつになく、柔らかい口調で言った八雲の言葉が、じんっと胸に染みた。

花苗と、何か特別な経験をしたわけでもないし、毎日のように一緒にいたわけでもない。でも、それでも、通じ合うものはあった。

晴香にとって、花苗はとても大切な友だちだった——。

それなのに、花苗の力になってあげることができなかったばかりか、彼女は命を落とすことになってしまった。

「さて、ここで話を元に戻しましょう——」

八雲が、パンッと手を叩《たた》いた。

その瞬間、部屋の中の空気が一変したような気がした。

「いったい誰が、花苗さんを殺害したのか？」

八雲の問いかけに、そこにいた全員の視線が集まる。あれだけ否定していた篠田でさえ、じっと息を殺して八雲の言葉を待っている。

「事件があった日、君はこの時計塔に足を運んだ。それはなぜだ？」

八雲が、改まった口調で晴香に訊ねて来た。

事件当時の記憶については、曖昧《あいまい》なところが多いが、それについてははっきりと覚えている。

「花苗が、時計塔に入って行くのを見たから……」

「見かけたのは、彼女だけか？」

「だと思うけど……」

記憶が曖昧で、はっきりしたことが言えない。

「重要なことだ。じっくり思い出すんだ」

八雲に言われて、もう一度考えを巡らす。あのときの光景が頭に浮かぶ。

「そういえば、もう一人。顔は見えなかったけど、誰か男の人が……花苗は、その人のあとをつけているみたいだった……」

何か様子がおかしい——そう思って、晴香は花苗を追いかけたのだ。

「おそらく、そのとき、時計塔に入って行った男というのは、彼だよ——」

八雲は、そう言って西澤を指差した。

西澤は視線を逸《そ》らしただけで、何も答えようとはしない。

「ちょっと待て。そうなると、事件当時、あの時計塔には三人がいたってことになるのか？」

疑問をぶつけて来たのは後藤だった。

「その通りです」

八雲が、自信に満ちた声で答えた。

「でも、私は……」

「君は、前後の記憶を失っている。多分、時計塔に入ったあと、気を失ったんだ」

そう言われると、そうであったような気がする。

「そうなると、殺したのは誰なんだ？」

後藤が、困惑しながら訊ねる。

「もう分かってるでしょ？」

八雲が肩を竦《すく》めるようにして言った。

だが、誰一人として、その答えが分かっていないらしく、お互いに顔を見合わせたり、首を捻《ひね》ったりしている。

かく言う晴香にも分からない。

──いったい誰が花苗を殺したのか？

その場にいる全員の反応に、がっかりしたように、八雲がため息を吐く。

「単純な話ですよ。時計塔にいた、三人目の人物──西澤さんですよ」

八雲が淡々とした口調で言った。

──どういうこと？

後藤も石井も、そして真琴も、同じ疑問を抱いたらしく、首を捻《ひね》っている。

そんな中、桜井が驚愕《きょうがく》の表情を浮かべ、目を丸くしていた。そして、名前を出された西澤は、固く目を閉じ、苦しそうにしている。

「どうして、そういうことになる？」

最初に口を開いたのは、後藤だった。

「本人に訊《き》いてみましょう」

八雲は、そう言うと、西澤の前に屈み、彼の顔を覗《のぞ》き込む。

「あなたは、事件のあったとき、この時計塔にいましたよね？」

八雲が静かに訊《たず》ねる。

西澤は、目を開けて八雲を睨《にら》んだあと、視線を逸らした。

「知らない。おれじゃない……」

否定する西澤を見て、八雲は「そうですか……」と呟《つぶや》くと、早々に立ち上がった。もう追及を諦《あきら》めてしまったのだろうか？

八雲は、晴香の心配を余所《よそ》に、今度は桜井の前に歩み寄る。

「桜井さん。あなたは、事件のあった日、この時計塔に来るように、呼び出されていましたよね？」

八雲の問いかけに、桜井は戸惑いながらも「はい……」と答えた。

「あなたを呼び出した相手は、誰ですか？」

次の八雲の質問に、桜井は俯《うつむ》いた。自分の発言が、何をもたらすのか、分かっているといった感じだ。

しばらく、じっとしていた桜井だったが、やがてすっと顔を上げた。

「西澤に――呼び出されました。『時計塔の亡霊』について、話したいことがあるから

――と」

「今日と同じですね？」

「はい」

桜井の答えに、八雲は満足そうに頷《うなず》くと、改めて西澤に向き直った。

「あなたは、さっき時計塔にはいなかったと言いましたよね」

「くっ……」

「おかしいと思いませんか？　呼び出した本人が、その場所にいないというのは――」

八雲に問い詰められ、西澤の額に玉のような汗が浮かぶ。彼が追い詰められているのが、ありありと分かる。

ここが勝負どきだと判断したのか、八雲はさらに続ける。

「あなたは、ここにいたはずだ。そして、花苗さんとここで会った――」

「何を根拠に、そんな出鱈目《でたらめ》を言うんだ？」

西澤が、強い口調で反論する。確かに今八雲が口にしているのは、あくまで推測に過ぎない。

だが、八雲は一切動じることはなかった。

「根拠ならあります。花苗さんから、聞いたんですよ」

「彼女は、死んでいるんだ。そんなこと……」

「お忘れですか？　ぼくは、死者の魂――つまり幽霊が見えるんですよ。花苗さんの魂は、ほら、そこにいます」

八雲が、晴香の頭の上あたりをすっと指差した。

晴香は八雲の指差した先を、視線で追った。晴香の目には、何も見えない。だが、八雲は違う。

そこに、花苗の姿を見ているのだろう。

「それに——時計塔の噂は信じるのに、ぼくのこの赤い左眼を疑うんですか？」

八雲の問いかけに、西澤が「ぐぅ」っと唸《うな》った。

「強引な手法だとは分かっていましたが、ぼくはあなたに行動を起こさせるために、敢《あ》えて揺さぶりをかけたんです」

八雲が、西澤の耳許《みみもと》で囁《ささや》くように言う。

その途端、西澤の目が見開かれ、驚愕の表情が浮かんだ。

「じゃあ、あれは……」

「そうです。あなたが、言い逃れできないように、罠《わな》を仕掛けたんです」

「卑怯《ひきょう》だぞ」

「あなたに、言われたくはありません」

嫌悪感を滲《にじ》ませた口調で言いながら、八雲は冷たい視線を西澤に投げる。

「つまり、花苗を殺したのは、西澤ってことか？」

後藤が身を乗り出しながら口にする。

「多少、推測は入りますが――」と前置きをしてから、八雲は語り出した。「あの日、西澤さんは桜井さんを時計塔に呼び出していたんです。しかし、花苗さんはそのことを知り、西澤さんを止めようとした」

「ちょっと待って。それって……」

晴香が言うと、八雲が小さく頷いた。

「そうだ。彼女は、知っていたんだ。西澤さんの様子がおかしくなったのは、幽霊に憑《ひょう》依《い》されたり、幽霊を見たりしたからではなく、復讐《ふくしゅう》にとり憑《つ》かれているからだ――と」

八雲から告げられた事実に、晴香は視線を落とした。

心が重い。花苗が、そのことを黙っていたことより、気付いてあげられなかった、自分自身に対する嫌悪感のせいだ。

「あの夜、花苗さんは時計塔にいる西澤さんに会い、バカなことを止めるように説得を試みようとしていたんだ。そこに――」

「私が、何も知らずに足を踏み入れた」

晴香が口にすると、八雲が頷いた。

「君は、時計塔の上から、誰かが言い争うような声を聞いたんじゃないのか?」

――そう言われてみれば。

「聞いた気がする。何を言っているのかは、分からなかったけど、誰かが言い合っていた……」

晴香は頭を押さえ、ぼやけた記憶を辿《たど》る。

「最上部の部屋に足を運んだ君は、中にいる西澤さんを見た。もちろん、暗くて誰だか分からなかったとは思うが……」

八雲の言葉を聞いているうちに、頭の奥にかかっている靄《もや》が、どんどんと晴れていくような感じがした。

やがて、その先に、断片的ではあるが、幾つかの映像が浮かんだ。

「そうだった……ここに来たら、誰かがいた。悲鳴を上げようとしたら、口を押さえられた……。それから、必死に逃げようとして、咄嗟《とっさ》に近くにあった棒を摑《つか》んで、振り回した。だけど、突き飛ばされて……」

晴香は、震える声で口にした。

それが辛うじてではあるが、思い出せたことだ。

「君は、西澤さんに突き飛ばされ、壁に頭を打って意識を失った――」

「止めろ！　いい加減なこと言ってんじゃねぇ！」

叫んだのは西澤だった。

「黙っていろ」

西澤を制したのは、意外にも篠田だった。彼は、続けろ――という風に、八雲に目配せする。

八雲は、小さく頷いてから話を再開した。

「君が意識を失ったあと、花苗さんは西澤さんと口論になった。桜井さんへの復讐を止めさせようと必死だった。友だちである君を傷つけられたことに対する、怒りのようなものもあっただろう」

「花苗——」

晴香は息苦しさを感じ、胸に手を当てた。

この先は、聞きたくない——それが本音だった。だが、それを避けることは、花苗の想いを無にすることのような気がして、ぐっと堪《こら》えた。

「言い合っているうちに、西澤さんはカッとなって我を忘れ、君から取上げた鉄パイプで花苗さんを殴ってしまった。そのあと、指紋を消してから君に改めて鉄パイプを握らせ、顔に血痕《けっこん》を付着させ、偽装工作をしたんだ——」

八雲が言い終わると同時に、部屋の中は水を打ったように静まり返った。

息が詰まるような、重い静寂だった。

「何を言ってる！　証拠がないだろ！」

西澤が、真っ青な顔で叫んだ。

だが、その声は虚しく響く。部屋の中にいる全員が、彼の主張を信じてはいないことが、ひしひしと伝わって来た。

「確かに、物的証拠は何一つありません。今のところは——ですが」

八雲が西澤の許に歩み寄り、彼の目を真っ直ぐに見据える。

「…………」

八雲の視線に搦《から》め捕られた西澤の唇が、わなわなと震えている。

「ルミノール試験って知ってます？」

「何？」

「石井さん。教えてあげて下さい」

八雲に、突然振られた石井は、オロオロとしながらも説明を始める。

「あっ、はい。簡単に言えば、肉眼で見えない血痕を検出する方法です」

「衣服に付着していた場合、洗ったくらいでは落ちませんよね？」

八雲の口調は、質問というより確認だった。

「ええ。その程度で、完全に消すのは不可能です」

「西澤さん。あなたの衣服に、花苗さんの血痕が付着していたら、どうなると思います？　あなたはさっき、事件当日は現場に行っていない——と主張したんです」

八雲の止《とど》めの一撃を受け、観念したのか西澤がガックリと頭《こうべ》を垂れた。次いで、その肩が小刻みに震え出したかと思うと、目から涙が溢《あふ》れ出した。

「殺す気はなかった……ただ、そうなってしまったんだ……花苗ちゃんが、おれの復讐を邪魔するから……」

しゃくり上げるようにしながら、ポツポツと言葉を発する西澤を見て、晴香は少しも同情の気持ちが湧かなかった。

西澤の言い分は、あまりに身勝手だ。

「自分のことばかりですね――」

晴香より先に、八雲が口を開いた。

「え？」

「あなたは、本当に身勝手だ。常に自分は悪くないと、言い訳を探している。本当は、あなた自身分かっていたはずだ。水原紀子さんが自殺した理由を――」

八雲の言葉に、西澤が驚愕《きょうがく》の表情を浮かべる。

「な、何を言ってる！　紀子は殺されたんだ！　だから、おれに復讐を……」

「あなたは、騙《だま》されたんですよ」

八雲から放たれた言葉で、西澤の顔がさらに歪《ゆが》んだ。

「騙された？　おれが？」

「最初に言っておきます。ここに、水原紀子さんの幽霊はいません――」

「嘘だ！　おれは、確かに見たんだ！　お前なんかに、何が分かる！」

西澤が、身を捩《よじ》るようにして叫ぶ。

それを見た八雲は、小さくため息を吐く。

「分かるんですよ。何度も言わせないで下さい。ぼくのこの赤い左眼は、死者の魂が見えるんです。水原さんの幽霊は、この場所に存在していなかった」

「じゃあ、時計塔の幽霊の噂は……」

晴香は思わず口を挟んだ。

「そんな噂は、存在していなかった。そうですよね。真琴さん――」

八雲の赤い左眼が真琴に向けられる。

「はい。色々な学生に訊《き》いてみましたが、噂を知っている人はいませんでした……」

真琴がはっきりとした口調で答える。

「でも、花苗から……」

花苗が心霊現象の相談を持ち込んで来たとき、時計塔に現われる幽霊の噂を口にしていた。

もし、噂が存在していなかったのだとしたら、花苗はなぜあんなことを言ったのか？

「問題はそこだ――」

八雲は、真っ直ぐに晴香に視線を向ける。

その赤い左眼は、晴香に覚悟を問いかけているようだった。八雲から語られる真実が、どんなに受容《うけい》れがたいものだとしても、それを聞く覚悟はできている。

晴香が、大きく頷《うなず》くと、八雲は語り出した。

「ここに幽霊は存在しないのに、西澤さんは、水原さんの声を聞いた。これは、いったいどういうことなのか？」

「教えろ。どういうことだ」

後藤が、焦《じ》れたように床を踏み鳴らす。

「簡単ですよ。水原さんの幽霊のふりをして、西澤さんを騙した人物がいたんです」

八雲の言葉を聞き、晴香はじりっと胸に焼き付くような痛みを覚えた。西澤を騙した人物が誰なのか、分かってしまったからだ。

「誰だ？　誰がそんなことを——」

後藤が、さらに八雲を問い詰める。

八雲が再び晴香に目を向けて来た。分かっている。もう、覚悟はできている。晴香は、無言のまま もう一度頷いた。

長い沈黙のあと、八雲が言った。

「花苗さんです——」

——やはりそうだった。

今になって思えば、おかしな点は幾つかあった。花苗は幽霊を見ていないはずなのに、噂を信じきっているようだった。

それだけではない。花苗は、幽霊を何とかして欲しい——とは言わなかった。あくまで、様子のおかしい西澤を、助けて欲しいという内容だった。だが——。

「なぜ、花苗がそんなことを？」

晴香が口にすると、八雲は改めて姿見に目を向けた。

「これは、復讐《ふくしゅう》だったんだよ」

「復讐？」

「そうですよね——恩田先生」

八雲の放ったその言葉に、部屋の中にいる全員が息を呑《の》んだ。

18

真琴は、八雲から放たれた言葉に、わずかに恐怖すら感じていた——。

心のどこかでは、分かっていた。だが、認めたくはなかった。

隣に視線を向けると、恩田は黙って立っていた。精悍《せいかん》な横顔からは、その真意は測れない。

「その先生は、事件と関係があるのか？」

口を挟んだのは、後藤だった。

「ええ。関係があるから、わざわざお越し頂いたんです——」

八雲が、ゆっくりと恩田の前に歩み寄る。

それでも、恩田は表情一つ変えなかった。その態度が、余計に不自然に感じられた。

「私が、何をしたと？」

恩田が、落ち着いた口調で訊《たず》ねた。

「それを説明する前に、水原紀子さんが、なぜ死んだかについて、話しておいた方がいいですね」

八雲の言葉に、すかさず口を挟んだのは西澤だった。

「紀子は、殺されたんだ……桜井に……」

西澤の言葉は、さっきまでとは異なり、力のないものだった。おそらく、彼自身の中で、抑えようのない疑念が膨らんでいるのだろう。

「何度も言いますが、水原さんは自殺です。明確な根拠があるんです。そうですよね。桜井さん――」

八雲は面倒臭そうに寝グセだらけの髪をガリガリとかくと、真っ直ぐに桜井に目を向けた。

桜井は、八雲の視線から逃れるように俯《うつむ》き、唇をきつく嚙《か》んだ。

「そうですか――話したくないなら仕方ない。真琴さん」

八雲が、再び真琴に目を向ける。

「はい」

返事をしながら、真琴は鼓動が速くなるのを感じた。

「水原さんの家のノートパソコンの中に、オリジナルの『時計塔の亡霊』がありましたよね」

「ええ」

「その内容は、桜井さんの名義で出版されたものと、全く同じ内容でしたか？」

八雲の質問に、真琴はドキリとする。

オリジナルの原稿を読んだときから、そうであろうと予測はしていたが、こうやって話が進むにつれ、信じたくないという思いが強くなる。

とはいえ、ここで口を閉ざすことはできない。

真琴は、横にいる恩田にチラリと目を向けてから口を開く。

「いいえ。出版されたものは、オリジナルを改編してありました」

「どの部分ですか？」

「前半部分が、ばっさりとカットされていました」

話を続ければ続けるほどに、心が押し潰《つぶ》されそうになる。

「その前半部分は、どういった内容でしたか？」

「それは……」

息が詰まり、それ以上、話すことができなくなってしまった。

こんなことになるなんて、思いもしなかった。自分が、何を信じ、何を疑えばいいのか、分からなくなって来た。

そんな真琴を見て、八雲は目を細めると、小さく頷いた。

「いいでしょう。続きは、ぼくから説明します——」

そう言ったあと、八雲は部屋の中にいる全員の顔を順に見据えていく。

長い間を取ってから、八雲は説明を始めた。

「出版された『時計塔の亡霊』は、思いがけず、人を殺してしまった女性が、その罪の意識に苦しみ、次第に壊れていく様が描かれています。しかし、主人公がどういった経緯で、誰を殺したのかは、一切描かれていません。そして、ラストは、自殺を決意したところで、終わっています――」

八雲の説明を受け、晴香が驚きの表情を浮かべている。後藤と石井も、顔を見合わせて眉《まゆ》を顰《ひそ》めている。篠田も似たようなものだ。

西澤は、ただ呆然《ぼうぜん》としている。桜井は肩を震わせ、何かに怯《おび》えているようだった。

そして――恩田だけが、表情一つ変えずに、真っ直ぐに八雲を見ている。

「さっき真琴さんが言ったように、この作品のオリジナルの冒頭には、欠落しているシーン、つまり、主人公がなぜ人を殺したのかが描かれています」

「ぼくたちだ……ぼくたちのせいなんだ……」

突然、悲鳴にも似た声を上げ、桜井が泣き出した。

八雲は、冷ややかな視線を向けたあと、改めて全員と向き直る。

「主人公の女性は、友人たちとドライブをしていました。運転しているのは、恋人の男性で、彼女は助手席に座っていました。後部座席には、先輩の男性と、同級生の男性も乗っていました。先輩の男性は、危険ドラッグを吸っていて、酩酊《めいてい》状態でした」

八雲の口調は、淡々としていたが、そこにわずかだが怒りが滲《にじ》んでいるようだった。

ここに来て、西澤が何のことを言おうとしているのか、分かったらしく「止めろ……」と掠《かす》れた声を発する。

しかし――八雲は止めなかった。

「運転席の男性と、後部座席の男性が、些細《ささい》なことをきっかけに言い合いになりました。それに気を取られて、前をよく見ていませんでした。その結果、横断歩道を歩いていた若い親とその子を撥《は》ねてしまいました――」

「頼む！　もう止めてくれ！」

西澤が涙を流しながら、すがりつくが、八雲は強引にそれを振り払って話を続ける。

「主人公の女性は、すぐに救急車を呼ぼうとしました。ですが、運転していた恋人の男性が、それを制しました」

「なぜです？」

石井が、慌てた調子で口を挟む。

「自らの罪を逃れるためです。運転していた男と、後部座席で口喧嘩《くちげんか》していた男は、後部座席で眠っていた先輩を、運転席に移動させたんです。そして、主人公の女性を連れて、その場から逃げたんです――」

八雲が、そこまで言ったところで、恩田に目を向ける。

恩田は何も言わなかった。ただ、その目には、うっすらとではあるが、涙の膜が張っていた。

「撥ねられた親子は、信号機に打ちつけられ、血を流していましたが、そのときは、まだ生きていました。でも、主人公の女性は、男たちに逆らうことができず、結局、その場から立ち去ってしまった——それが、オリジナルの『時計塔の亡霊』に描かれていた、殺人の内容です」

八雲の声を聞きながら、真琴は息を詰まらせ下唇を噛む。

あまりに残酷で哀しい——。

「も、もしかして、そこに描かれている事故って……」

震える声で石井が言った。

「そうです。三年前に実際に起きた事故です。石井さんが、幽霊を目撃した、まさにその場所です」

「何と……」

「ちょっと待て。それが、本当に起きた事故だとしたら、なぜこいつは逮捕されなかった？」

後藤が、西澤を指差した。

「犯人に仕立てあげられた男性がいたんです」

八雲が淡々と答える。

「その犯人は、自分が運転していたんじゃないと主張しなかったのか？」

後藤の言い分はもっともだ。だが——。

「後藤さんなら、危険ドラッグを吸って酩酊状態にあった人が、自分が運転していたんじゃない——と主張したら、信じましたか？」

「それは……」

八雲の説明を聞き、後藤が口籠《くちご》もった。

オリジナルの原稿の中にも書いてあるが、不運なことに、車はその先輩のものだった。警察から疑われることはなかったようだ。

「では、その小説はもしかして……」

「そうです。これは、小説ではありません。水原紀子さんの日記だったんですよ」

真琴も八雲と同じ考えだった。

水原紀子の書いた『時計塔の亡霊』は、小説などではなく、彼女の日記だったのだ。

彼女に文才があったことと、冒頭が削除されていたことで、幸か不幸か、小説として受容《うけい》れられてしまったのだ。

「あれは……違うんだ……」

必死に訴える西澤を、八雲は冷たく睨《ね》め付ける。

「何が違うんです？　あなたは都合の悪い真実から目を逸《そ》らし、彼女の死は他殺だと決めつけた。間近で、彼女が悩み、苦しんでいるのを見ながら、それに気付こうともしなかった」

「ち、違う……おれは、彼女を守るために……」

西澤が口をパクパクと動かしながら喘《あえ》ぐ。

八雲は、鼻先が触れ合うほどに顔を近付け、赤い左眼で西澤を睨め付けた。

「何が違うんです？　運転していたのは、他でもないあなただ。あなたが、守ろうとしていたのは、彼女ではなく自分でしょ？」

「…………」

「彼女を殺したのも、他でもない——あなた自身なんです」

「うわぁぁ！」

西澤が、喉《のど》をかきむしるようにして叫ぶ。

現実が受容れられないのだろう。だが、そんなことをしても、時間を巻き戻すことはできない。

「とんだ屑《くず》だな……」

後藤が、吐き捨てるように言った。

真琴も同感だった。西澤は、自分のことしか考えていなかった。恋人が、そのことで、死に向かって歩んでいるのに、その責任すら他人になすりつけた。同情できる余地は、どこにもない。

ここで真琴の中に一つの疑問が浮かんだ。

「一つ、教えて下さい」

「何です？」

八雲が、左の眉をぐいっと吊《つ》り上げる。

「桜井さんも、同じ車に乗っていたんですよね？　前半部分を削除していたとはいえ、水原さんの日記を賞に応募するなんて、自分たちの罪を晒《さら》すようなものです。なのに、なぜ？」

真琴には、その理由が分からなかった。

「桜井さんなりの、追悼と贖罪《しょくざい》だったんですよ。そうですよね？」

八雲に言葉をかけられ、桜井が小さく頷《うなず》いた。

今さら、自分たちの罪を表に出す勇気はない。せめて、その日記を世に出すことで、水原紀子への手向けにしたということだろうか――。

桜井が「時計塔の亡霊によって書かされた」と口にしていたのは、まさに言葉の通りだったのだろう。

はっきり明言するだけの勇気はなかったが、あれは水原紀子の作品であると、暗に匂わせていたというわけだ。

「さて、話を戻しましょう――なぜ、花苗さんは、幽霊を演じて西澤さんを騙《だま》したのか？」

八雲が、部屋の中の面々に向かって問いかける。誰も答えようとしない。

だが、真琴には分かっていた。

「彼女は、花苗さんは、三年前の事故で亡くなった女性の妹だった……」

真琴が答えると、八雲が大きく頷いた。

「そんな！」

晴香が驚きの声を上げる。

「花苗さんは、お姉さんの復讐《ふくしゅう》のために、水原紀子さんの幽霊を演じ、西澤さんと桜井さんが憎み合うように仕向けたんです」

「でも、じゃあ何で花苗は、私のところに相談を持ちかけたの？」

八雲の説明に、晴香が疑問の声を上げた。

確かに、復讐を目論《もくろ》んでいるのだとしたら、晴香たちを巻き込むことは、不自然な行為に思える。

「花苗さんは、怖くなったんだよ」

八雲がポツリと言うと、晴香が「え？」と困惑の表情を浮かべる。

「ただ、幽霊のふりをして、脅すくらいの気持ちだった。そこから、彼らが真実を打ち明けてくれればいいと――ところが、西澤さんは、桜井さんを本気で殺そうと行動を起こした」

「それで、怖くなった……」

晴香が掠《かす》れた声で言う。

「そうだ。自分のせいで、新たに人が死ぬことに、耐えられなかったんだ。だから、途中で計画を止めようとして、信頼している君の許《もと》に心霊現象というかたちで相談を持ちかけたんだ」

真相を聞かされた晴香は、ただ放心したように宙を見つめた。

「そもそも、花苗さんは復讐心はあったが、自らの意思で幽霊を演じたわけではない」

「何だと？」

後藤が、声を上げる。

八雲は能面のような無表情のまま、ゆっくりと恩田の前に立った。

「花苗さんに、事故の真相を話し、復讐のために、水原紀子さんの幽霊を演じるように頼んだのは、あなたですよね――恩田先生」

「ちょっと待て。何で、大学の先生が、そんなことをする？」

後藤が主張すると、八雲は呆《あき》れたようにため息を吐きながら、寝グセだらけの髪を、ガリガリとかき回した。

「後藤さんは、本当に資料を見るクセをつけた方がいい」

「何だと？」

「恩田先生は、花苗さんの義理の兄に当たるんです。つまり、三年前の事故で亡くなったのは、恩田先生の奥様だった花澄《かすみ》さんと、その娘さんです」

「なっ！」

後藤が、驚きのあまり絶句する。

真琴は恩田の妻子が、交通事故で亡くなったのを、自社の新聞の記事で読んでいた。

当時は、憔悴《しょうすい》しているだろうと、連絡することができなかった。

桜井の取材を機に再会したときも、口に出せなかった。

喪失感と哀しみから立ち直り、自らの人生を歩んでいるのだと思っていた。いや、そう思い込もうとしていただけなのかもしれない。

オリジナルの『時計塔の亡霊』を読んだとき、そこに描かれている事故の被害者が、恩田の妻子のことであると、すぐに分かった。

それだけではない。八雲から、恩田を連れて来るように頼まれたとき、彼がこの事件でどんな役割を果たしていたのかも感付いていた。

それでも、信じたかった。違う。そうではない。あの優しい恩田が、復讐にとり憑《つ》かれたなどと信じたくなかった。

「先生、なぜこんなことを……」

真琴は、どうにかそれだけ口にした。

「君なら許せるか？」

恩田の哀しみに満ちた声が、部屋の中に響く。

その問いに、答えを返せる者は一人もいない。大切な人を奪われる哀しみは、実際に当事者になってみないと、本当の意味で理解することはできないからだ。

恩田は、部屋の中の面々をゆっくりと見回してから続ける。

「私があの事故の真相を知ったのは、オリジナルの『時計塔の亡霊』を読んだからだ——」

「どこで、手に入れたんですか？」

真琴は恩田に訊《たず》ねる。

それが、今の自分にできる唯一のことのような気がした。

「三年ほど前に、水原紀子さんから送られて来たんだ。もちろん、そのときはタイトルなど付けられていなかった。何かの原稿だということは分かっていたが、それを読むつもりはなかった。知らない女性の名だったし、妻子を失い、心底疲弊していた……」

「いつ、読んだんですか？」

「半年ほど前だと思う……私の許に、ある男が訪ねて来た」

「ある男とは？」

「あの事故で、車を運転していたとされる男性だ。模範囚として仮出所したばかりだと言っていた。彼は、自分は運転していない――と涙ながらに訴えた。実際に、運転していたのは、別の人間たちだと言って、その名前を口にした」

「その名前に、覚えがあったんですね」

「そうだ。文芸サークルの学生たちだった。それに、原稿を送って来た女性――」

何と因果なことだろう。

恩田は、新たに赴任した先で、自分の妻子を殺した真犯人たちと顔を合わせていたのだ。

「そこで、初めて水原紀子さんの日記を読み始めた私は、事件の真相を知ることになった。怒りに震えたよ」

恩田は、そう言って西澤と桜井に目をやった。

鬼気迫る恩田の目に気圧《けお》され、二人とも恐怖に固まっているようだった。

「彼らは、過去の罪をまるで忘れてしまっていた。それだけじゃない。私が被害者遺族であることにも、気付いていたはずだ。それなのに——」

恩田の心が軋《きし》む音が、聞こえてくるようだった。

彼の言うように、恐るべきことだと思う。自分たちが、何をしたのか忘れたわけではないのだろうが、完全に無かったことにして、平然と恩田と接していたのだ。

それを知ったときの、恩田の憤怒《ふんぬ》は、筆舌し難いものがあっただろう。

「私は、彼らにチャンスを与えた——」

「チャンス？」

「そうだ。水原紀子さんの残した日記を、文芸サークルの部室の中に隠した上で、彼らに部屋の整理を促した」

恩田は、水原紀子の日記を見つけさせることで、彼らに真実を口にして欲しいという願いを込めたのだ。

ところが、原稿を見つけた桜井は、その内容を改編して、新人賞に応募した。

桜井は贖罪《しょくざい》と追悼の意味を込めていたようだが、恩田には、それは受容《うけい》れられない選択だった。

「事故現場に、赤いペンキを撒《ま》いたのも、あなたですね」

「そうだ。そうしておいて、現場の住所を記したメモを、彼らに送りつけたりもした」

「過去の事故を思い出すように、促したのですね」

「ああ。だが、二人ともそんなことは気にも留めなかった……」

恩田は力なく首を振った。

行動を起こすまでに、恩田は何度も警告を重ねて来た。彼らが自ら贖罪の意志を示すことを願って——。

だが、それらは全て裏切られた。

恩田の心情を考えると、真琴は息が詰まる思いだった。

「彼らは、自らの罪を悔いるどころか、平然と日常を過ごし、些細《ささい》なことで諍《いさか》い、自堕落に過ごしていた。子どもと、その母親の命を奪っておきながら——君たちなら許せるか？」

恩田から発せられる憤怒の空気に、誰もが息を呑《の》んだ。

真琴は、自分に当て嵌《は》めて考えてみた。正直、許せなかった。事故で妻子を失った。しかも、その真犯人たちは、そのことを忘れ、日常を過ごしていたのだ。ぶつけどころのない怒りは、恩田の身を焼き尽くしたことだろう。

「あなたが、本当に許せなかったのは、自分自身ではないんですか？」

そう言ったのは、八雲だった。

「どういう意味だ？」

恩田が問うと、八雲は彼に鋭い視線を投げる。

「ただ、彼らに対して怒りを覚えているだけなら、こんな回りくどい方法を採る必要はなかったんです」

「何が言いたい？」

「あなたは、水原さんから送られて来た日記を、すぐに読まなかったことを後悔していた――違いますか？」

八雲の問いかけに、恩田がわずかに俯《うつむ》いた。

「そうかもしれない。私があの日記をすぐに読んでいれば、彼女は自殺しなかった……」

恩田の言う通りかもしれない。

おそらく、水原紀子が恩田のところに日記を送ったのは、贖罪の気持ちの表われだ。

もし、恩田が何かしらのアプローチをしていれば、水原紀子は自殺しなかったとも考えられる。

だが、それはあくまで結果論だ。それを責めることは、誰にもできないはずだし、恩田もそれで自分を責めるべきではない。

「今回の復讐《ふくしゅう》は、水原さんの分も、含まれていたんですよね。だから、こんなまどろっこしい方法を採った」

八雲が告げると、恩田は何とも哀しげな笑みを浮かべた。

「そうかもしれないな……君は、私が間違っていたと思うか？」

恩田が八雲に問いかける。

「はい。間違っています――」

八雲は、迷うことなく口にした。

彼の潔癖ともいえるその一言で、真琴の中にあった迷いのようなものが、一気に吹っ切れた気がした。

「先生は、間違っています。復讐に囚われず、真実を明らかにする方法は、いくらでもあったはずです」

真琴が、そう主張すると、恩田はふっと笑みを零《こぼ》した。

「人は、みな君のように強くはないんだよ」

「とても先生の言葉とは思えません」

「その通りだ。これは、教員としての言葉ではない。妻と子を失った、夫であり、父親の言葉だ」

恩田の目には、涙が浮かんでいた。

理屈では分かっていても、心がそれを受容れなかったということなのかもしれない。

自分などが、いくらここでお題目を並べたところで、恩田の心には届かない。

「詭弁《きべん》ですね」

言い放ったのは、八雲だった。

「あなたは、花苗さんを見ていなかったんですか？　あなたに協力しながら、罪の意識に苛《さいな》まれ、何とかしようとしていた、彼女のことを……」

八雲の言葉で、沈みかけていた真琴の心が、力を取り戻したような気がした。

「そうです。なぜ、ちゃんと見てあげなかったんですか？　彼女の苦しみを——」

真琴が口にすると、恩田は目を細めて天井を見上げた。

「見ていたさ……」

恩田は、掠《かす》れた声で言った。彼の視線の先に、何があるのか、真琴には分からない。

ただ、一つだけ理解したことがある。

恩田は、今回の一件を深く後悔していたのだ。

花苗を巻き込み、そのことで彼女は死んでしまうことになった。それだけでなく、全く関係のない晴香が殺人の容疑で勾留《こうりゅう》された。

それは、三年前の事故の再現のようなものだ。

全てを知った恩田は、水原紀子のように、苦しみ、悩み、葛藤《かっとう》していた。

だからこそ、この場で、特に抵抗することもなく、すんなりと真相を打ち明けたのだ。

恩田の目尻《めじり》から、すっと涙がこぼれ落ちた——。

19

「終わったのか……」

しばらくの沈黙のあと、後藤は絞り出すように言った。

八雲の口から語られた真実は、めまぐるしく後藤の頭を駆け回り、そして心を大きく揺さぶった。

西澤も、桜井も、もう話す気力が残っていないのか、ぐったりと項垂《うなだ》れている。

石井と晴香は、半ば放心状態だ。篠田もまた、呆然《ぼうぜん》としている。

「まだです——」

八雲が鋭い口調で言った。

この部屋の中で、八雲だけが未《いま》だに気を抜いていなかった。

「どういうことだ？」

「どうも、こうもありませんよ。今回の事件には、もう一人、協力者が存在しているんです」

八雲は、宣言するように言うと、姿見の前に立った——。

その背中からは、激しい怒りの炎が立ち上っているように見えた。

「そこから、見ているんでしょ？」

八雲が、鏡に向かって言う。

確か、この部屋の鏡は、黄泉《よみ》の国に通じているということだった。今の八雲の口ぶりだと、まるでそれが真実のようだ。

「見ているとは、どういう意味だ？」

「言葉のままです――」

後藤が訊《たず》ねると、八雲は近くにあった角材を拾いながら言った。

「説明になってない！」

「今から、お見せしますよ」

八雲はそう言うなり、角材で姿見を殴りつけた。

けたたましい音とともに、鏡が砕け散る――。

「ここから、ずっと見ていた人物がいるんですよ」

八雲が指差した先には、小型のカメラが仕掛けられていた。おそらく、マジックミラーのような仕組みになっていたのだろう。

カメラには、ワイヤレスでデータを転送するためのアンテナも付けられていた。

「いったい誰が……」

後藤が口にすると、八雲が微《かす》かに笑みを浮かべた。

「分かりませんか？」

「分からねぇから訊《き》いてるんだ」

「もう一人の共犯者――事故の罪をなすりつけられた人物ですよ」

八雲の説明で、後藤にも事態が呑み込めた。

わけも分からず経歴を調べていたが、三年前の事故で、犯人に仕立てあげられた男がいた。それは――。

「何だ？」

篠田が、何かを察したのか声を上げた。

目を向けると、階段の下から、焦げ臭さとともに、煙が立ち上って来るのが見えた。

「火を放ったようですね。まさか、ここまでの強攻策に出るとは……」

八雲が苦々しく言う。

最悪だ。ここは時計塔の最上部だ。燃え広がる前に逃げないと、全員ここでお陀仏《だぶつ》だ。

「篠田！　そいつを連れて下に降りろ！　石井は、その二人だ！」

後藤が指示を出すと、篠田は口と鼻を押さえながら、西澤を連れて階段を駆け下りて行く。

石井は恩田と真琴を案内して、そのあとに続く。

八雲は、足を痛めている晴香に肩を貸すようにして立ち上がるところだった。

「先に行って下さい」

八雲が言う。

後藤は、大きく頷《うなず》くと桜井を引っ張って階段に向かう。

ふと振り返ると、晴香は一人では歩けない状態らしく、苦戦している八雲の姿が見えた。

「手伝うぞ」

後藤は手を貸そうとしたが、八雲はそれを拒んだ。

「いいから、先に行って下さい」

「だが……」

「早く！　手遅れになりますよ！」

八雲が声を荒らげる。

確かに、こんなところでモタモタしている場合ではない。桜井を連れて、一旦《いったん》、下に降り、あとで八雲と晴香を助けに来た方が早いだろう。

「待ってろ！」

後藤はそう告げてから、桜井を引っ張って階段を駆け下りる。

下に降りるほどに、煙が濃くなっているが、幸いなことに、火はそれほど燃え広がってはいない。

「急げ！」

後藤は、声を上げながら急いで階段を駆け下りる。

手錠をされているせいで、うまく走れないのか、何度か桜井が転んだが、その度に強引に立たせて走る。

地上まで降りて、裏口から押し出すように桜井を外に出した後藤は、再び階段を上ろうとした。

階段の陰から何かが飛び出して来て、後藤の前に立ち塞《ふさ》がった。

暗くて顔ははっきり見えないが、着ている制服から、誰なのかは察しがついた。

「お前は……」

後藤が言い終わる前に、男は鶴嘴《つるはし》のようなものを振り上げ、襲いかかって来た——。

20

「八雲君……先に逃げて……」

晴香は、噎《む》せ返りながらも口にする。

八雲が晴香を支えるようにして歩いているが、思うように進めず、まだ階段にも到達していない状態だ。

このままでは、煙に巻かれるか、炎に焼かれるかして、二人とも命を落とすことになる。

晴香だって死にたくはないが、自分のせいで八雲まで死んでしまうのは、とてもではないが、耐えられない。

「喋《しゃべ》るな。煙を吸い込むぞ」

八雲が鋭く言い放つ。

晴香を置いて行く気は、まったくないようだ。

「でも……」

「せっかく無実を証明することができたんだ。最後まで諦《あきら》めるな。それに……」

「何？」

「君には、まだ訊きたいことがある」

「私に訊きたいこと？」

「ああ。だから、まだ諦めるな――」

八雲は、晴香を支えながらも、必死に歩みを進める。だが、途中で床が大きく揺れた。

時計塔のどこかが、崩落したのかもしれない。

その拍子に、晴香はバランスを崩して倒れてしまった。

立ち上がろうとしたが、ダメだった。足の痛みが、どんどん悪化している気がする。

「大丈夫か？」

八雲が、晴香の顔を覗《のぞ》き込んで来る。

その表情は、いつになく焦燥感に満ちていた。

部屋の温度はどんどん上昇しているし、煙も濃くなって来ている。これでは、たとえ階段に辿《たど》り着けても、地上に降りられるか、怪しいところだ。

「八雲君。お願いだから、先に行って……私はいいから……」

晴香は八雲を突き放すようにして言った。やっぱり、八雲には死んで欲しくない。

「絶対に連れて行く」

「ダメだよ」

「少し黙ってろ！」

八雲が、声を荒らげた。

いつもと違うその声に、晴香はビクッと肩を震わせた。

続けて、何かを言おうと口を開きかけた八雲だったが、不意に動きを止めた。

何かを追いかけるように、八雲は視線を宙に漂わせる。

「そうか……そうだったな……」

呟《つぶや》くように言ったあと、八雲が微かに笑った。

「え？」

「花苗さんだ――」

「花苗が、どうしたの？」

晴香の質問に答えることなく、八雲はすっと立ち上がった。

一人で先に行く覚悟ができたのだろうか――と思ったが違った。八雲は、部屋の側面にある窓に歩み寄って行く。

鍵《かぎ》を開け、窓を大きく開け放つと、身体を乗り出して下を覗き込んだ。

――まさか、窓から飛び降りるつもりだろうか？

高さは十五メートルはある。飛び降りて助かる高さでないことは、三年前に実証されている。

窓からロープを垂らすということも考えてみたが、肝心のロープが見当たらない。

「ぼくを信じられるか？」

八雲が、晴香の許《もと》に戻りながら口にした。

深紅に染まった赤い左眼には、これまでと違い、強い意志の光が宿っていた。

「うん」

晴香は、力強く頷いた。

今回の事件が起きてから、いや、それよりずっと前から、晴香は八雲を疑ったことなどなかった。

八雲は自分のことをあまり語らない。

何を考えているのか分からないことも多いし、知らないこともたくさんある。それでも——八雲が、どんな人間かを一番近くで見て来た。

八雲の心を支える一番根っこの部分が、どんなものかは、知っているつもりだ。

だから、そもそも疑ったことなどない。

「分かった」

八雲は、笑みを浮かべながら言うと晴香に手を差し出した。

晴香はその手を強く握り返した。

21

寸前のところで、鶴嘴の攻撃をかわした後藤は、改めて男と向き合った——。

「瀬尾稔《みのる》だな――」

後藤がその名を呼ぶと、男から舌打ちが返って来た。

やはり間違いない。目の前にいるのは、この大学の警備員の瀬尾稔だ。

八雲に、瀬尾の経歴を調べろと言われたときは、意味が分からなかった。

瀬尾が三年前に事故を起こし、半年前まで交通刑務所に収監されていた事実を知っても、今回の一件と結びつけることはできなかった。

だが、今なら分かる。

西澤たちにより、罪を被せられ、人生を滅茶苦茶にされた男――そして、八雲が言っていたように、今回の事件のもう一人の協力者だ。

鏡の奥に隠したカメラで、瀬尾は時計塔の様子を見ていた。おそらく事件のあった日も――。

花苗を殺したのは、晴香だと証言したのは、誰あろう瀬尾だ。

なぜ、そんな嘘を吐いたのか――それは、あの段階で西澤が警察に捕まっては、復《ふく》讐《しゅう》が完遂されなくなってしまうからだ。

西澤だけでなく、桜井にも、報いを受けさせなければならなかったのだ。

カメラで様子を見ていた瀬尾は、西澤が花苗を殺してしまう前に、晴香が気絶していたことを知っていた。

そして、西澤が花苗を殺したのが晴香だと思われるよう、偽装工作していたことも―

――。

瀬尾は、晴香が殴るところを見た――と証言し、自分が晴香を取り押さえたときに、意識を失ったということにしたのだろう。

「お前の気持ちは分かる。だが、もう止めろ」

後藤が口にすると同時に、再び瀬尾は、鶴嘴を振り下ろして来た。

横に転がるようにして、その攻撃をかわす。

さっき言ったように、瀬尾の気持ちは分かるが、だからといって、許したわけではない。

「お前は、他人に罪をなすりつけられて、死ぬほど悔しい思いをしたんだろ！　その辛《つら》さを分かっていながら、なぜお前自身が、同じことをした！」

後藤が叫ぶと、瀬尾の動きが止まった。

煙が目に染みたのか、あるいは虚《むな》しさに襲われたのか、瀬尾の目から涙が零《こぼ》れ出す。

「あいつら、おれの顔を見ても、気付きもしなかったんだ……」

瀬尾が、掠《かす》れた声で言った。

自分の人生を、台無しにした連中が、安穏と生活しているだけでなく、そのことをすっかり忘れていた。

それが、どれほどの苦痛か――想像しただけで胸が苦しくなる。そのことが、最終的に復讐を果たすためのきっかけになったのだろう。

だが——。

「それでも、お前のやってることは、間違ってる！」

「お前に何が分かる！」

再び、瀬尾が鶴嘴を振り上げた。

——ヤバイ！

そう思った刹那《せつな》、何かが瀬尾に飛びかかった。そのまま、瀬尾ともつれ合うようにして、床の上に倒れ込む。

——石井だった。

最初は威勢が良かった石井だが、あっという間に形勢を逆転されてしまう。

石井の上に馬乗りになった瀬尾が、鶴嘴を振り上げる。

「いい加減にしろ！」

後藤は、瀬尾の顔面を思いっきり蹴《け》り上げた。

瀬尾は白目を剝《む》いて床の上に大の字になり、それきり動かなくなった。

「石井！　そいつを外に連れ出せ！」

「は、はい」

後藤の指示を受け、瀬尾を引き摺《ず》り出そうとした石井だったが、非力であるが故に、うまくいかない。

——まったく。

後藤が力を貸すかたちで、どうにか瀬尾を時計塔の外に引っ張り出すことができた。

——次は八雲だ。

時計塔の中に戻ろうとしたが、それを遮るように、天井の一部が崩落し、出入口を塞《ふさ》いでしまった。

——何てことだ。

それでも、中に突進しようとする後藤に、石井がすがり付く。

「放せ！」

「し、しかし……まだ中に八雲と晴香ちゃんが！」

「し、しかし……中に入れば、後藤刑事まで死んでしまいます！」

「うるせぇ！ おれは行く！ おれの前では、誰も死なせん！」

強引に石井を振り払ったが、今度は篠田が駆け寄って来て、後藤を押さえ付けた。

「止めろ！」

「放せ！ 八雲が！」

後藤の叫びを遮るように、再び大きな音がして、時計塔の一部が崩れ、レンガが落下して来た。

——救うことができなかった。

「くそぉ！」

後藤の獣のような叫びが、闇夜に響いた——。

「デカイ声を出さないで下さい」

落胆に暮れる後藤の耳に、聞き慣れた声が届いた。

目を向けると、そこには八雲が立っていた。背中に晴香をおんぶしている。顔は煤《すす》で黒く汚れ、トレードマークの白いシャツも、酷《ひど》い有様だが、生きているようだ。

「お前……無事だったのか……」

「ええ。この時計塔、壁面に非常用の梯子《はしご》があるんですよ」

八雲がしれっと言う。

「なぜ、それを先に言わない！」

「ぼく自身、忘れていたんですよ。でも、彼女が教えてくれた」

後藤が晴香に目を向けると、彼女は小さく頭《かぶり》を振った。

「晴香ちゃんか？」

――では誰が？

「花苗さんですよ」

「そうか……」

「何にしても、ようやく終わりましたね」

八雲が、そう言いながら晴香を下ろして座らせる。

そこに歩いて来た篠田が、無言のまま晴香の両手首にかかっていた手錠を外した。

今度こそ、本当に終わった――その実感が、後藤の胸の中に広がった。

終章

その後

EPİLOGUE

1

「邪魔するぜ――」

後藤は、石井とともに八雲の隠れ家である〈映画研究同好会〉の部屋を訪れた――。

「邪魔だと分かっているなら、帰って下さい」

いつもの椅子に座っていた八雲は、いかにも退屈そうに大あくびだ。

「お前が呼んだんだろうが！」

「そうでしたっけ？」

「てめぇ！」

八雲に殴りかかろうとした後藤を、石井が慌てて制した。

「まったく……」

後藤は、ぼやきながらも椅子に座る。

ふてぶてしい態度に腹は立つが、本来の八雲を取り戻したことに、後藤はほっと胸を撫《な》で下ろしてもいた。

正直、一時はどうなることかと思った。

あのまま晴香が、殺人事件の犯人として収監されるようなことになれば、八雲は二度と誰かを信じることはなかっただろう。

今になって思えば、後藤が晴香を信じ続けたのは、子どものように、望まぬ結果を拒絶していたからなのかもしれない。

それでもいいと思う。

信じるということが、他人を自分のイメージに閉じ込めておく行為だとしても、それによって救われる人間もいるはずだ。

自分勝手な考え方であることは、重々承知しているが、それでも——。

「それで、捜査の方はどうなってます?」

八雲が腕組をしながら訊《たず》ねて来た。

「どうも、こうもねぇよ」

後藤はため息混じりに答えた。

晴香の容疑が晴れたのはいいが、様々な事情が複雑に絡み合った事件だ。その上、三年前の交通事故の犯人が別にいたことまで判明したのだ。捜査本部は上を下への大騒ぎになった。

「答えになっていません」

八雲が不機嫌そうに言う。

気に入らない言い方だが、その通りでもある。

後藤は、改めて現在の状況を説明した。西澤、桜井、それに恩田や瀬尾も、素直に供述を始めている。

その内容は、八雲が時計塔で看破したのと同様のものだ。まだ混乱はあるものの、事件は収束を迎えていると言っていい。

話を聞き終えた八雲は「そうですか――」と短く言って目を細めた。

事件が終わった今、八雲は何を考えているのか、後藤には分からないが、以前より少しだけ表情が和らいだように思える。

「そうだった。篠田から、お前に伝言がある」

後藤は、はっと思い出し口にした。

「何です？」

八雲が、嫌そうに顔をしかめる。

「色々すまなかった――そう言っていた」

正直、プライドの高い篠田が詫《わ》びを入れるなど、後藤には想定外だった。

「それって、たぶんぼくではなく、後藤さんに対しての言葉だと思いますよ」

八雲が小さく笑った。

後藤には、意味が分からなかった。謝罪される理由など、どこにもないのだ。

「あの――」

話が一段落したところで、石井が口を開いた。

「何です？」

八雲が、ぐいっと左の眉《まゆ》を吊《つ》り上げる。

「あの交差点にいた幽霊は、どうなったんでしょうか？」

恐る恐るといった感じで石井が訊ねる。

それは後藤も気になっていた。あの場所で、石井が見たのは、交通事故で死んだ恩田の妻の幽霊だった。

彼女はまだあの場所を彷徨《さまよ》っているのだろうか？

「それを、今から確かめに行きます――」

八雲がポツリと言った。

2

真琴は、信号機の脇に花を供えた――。

まだ赤いペンキが残っている。

目を閉じ、そっと手を合わせ、黙禱《もくとう》を捧《ささ》げた。

ふと、恩田の顔が脳裡《のうり》に浮かんだ。常に他人を気遣い、凜《りん》としたその姿は、真琴にとって憧《あこが》れの存在だった。

そんな恩田が、なぜ復讐《ふくしゅう》の念にかられ、このような事件を起こしてしまったのだろう？

ずっと考えているが、今に至るも結論が出ていない。

愛する人を失うということは、それだけで人を根底から変えてしまうものなのかもしれない。

「真琴さんも、来ていたんですか」

声に反応して顔を上げると、そこには石井の姿があった。

八雲と後藤もいる。

「こんにちは」

真琴が挨拶《あいさつ》をすると、後藤が「おう」と軽く手を上げる。八雲は「どうも――」と気《け》怠《だる》げに言う。

「お揃いでどうしたんです？」

真琴が訊ねると、後藤が「こいつに訊《き》いてくれ」と、八雲を指差した。

「恩田先生の奥様は、この場所を彷徨っていました。今、どうなっているのか、それを確かめに来たんです」

八雲は、面倒臭そうにガリガリと髪をかき回しながら言った。

「そうでしたか」

それは、真琴も気になるところだった。

恩田の妻の魂は、今どうなっているのか？　やはり、まだここを彷徨っているのだろうか？

八雲は、何かに気付いたのか、ふっと視線を横断歩道に向けた。

真琴も同じように視線を向けるが、そこには何も見えない。だが、八雲は違う。彼の赤い左眼には、自分たちには見えない何かが見えているはずだ。

しばらく、じっと横断歩道を見ていた八雲だったが、不意に表情を緩めた。

「どうでしたか？」

真琴が訊ねると、八雲は抜けるような青空を見上げた。

「逝きましたよ──」

「そうですか……」

「真琴さん。一つ頼まれてくれますか？」

八雲が、空を見つめたまま言う。

「何です？」

「恩田先生に伝言をお願いしたいんです」

「伝言？」

「はい。娘と二人、これからも、ずっとあなたのことを見守っています──と」

八雲が、哀しげで、それでいて穏やかな顔を真琴に向けた。

「それって……」

「はい。恩田先生の奥様からの伝言です」

「分かりました」

真琴は、大きく頷《うなず》いた。

恩田は事情聴取の真っ直中にある。今回、彼がどんな罪に問われるか分からないので、いつになったら面会できるようになるかは定かではない。

どんなに時間がかかったとしても、その伝言は、自分自身が届けるべきなのかもしれない。

真琴は、そんな使命感にも似た感情を抱いていた。

3

晴香は、煤《すす》に塗《まみ》れた時計塔を見上げた――。

こうやって改めて目を向けると、あの夜が、ずいぶんと昔のことのように思える。

「この時計塔は、取り壊されるそうだ」

隣に立つ八雲が、ポツリと言った。

「え？」

「まあ、仕方ない。火事で建物はぼろぼろだし、あんな事件があった後だからな――」

八雲がわずかに俯《うつむ》く。

このまま残していては、忌むべき事件のシンボルのような存在になってしまう。取り壊されるのは、仕方ないかもしれない。

今まで、特に気にも留めていなかったのに、取り壊されると聞くと、何だかとても寂しい気がするのはなぜだろう？

「彼女のことを考えているのか？」

八雲が、訊《たず》ねて来た。

「え？　あっ、うん」

確かに事件以降、そのこともずっと頭に引っかかっていた。

晴香の容疑は晴れたが、だからといって、花苗が戻って来るわけではない。もう二度と会うことができないのだ。

時計塔が取り壊されることが、哀しいと思うのも、花苗のことが関係しているのかもしれない。

ここは、花苗が死んだ場所でもある。

もう、花苗に会えないのかと思うと、心の奥がじくじくと痛む。

「彼女から、君に伝言がある」

「伝言？」

「ああ。ごめんなさい――」

「違うよ。謝るのは、私の方だよ」

晴香は頭《かぶり》を振った。

「なぜだ？」

「私は……気付いてあげられなかった。花苗が、苦しんで、悩んでいたのに……私を頼ってくれていたのに……何も応《こた》えてあげられなかった……」

口に出すのと同時に、涙が零《こぼ》れ落ちた。

自分が、もっと花苗をちゃんと見ていれば、事件が起きる前に止められたかもしれない。そう思うと、悔しくて、情けなくて——。

「自分を責めるな」

柔らかい口調で八雲が言った。

「責めたくもなるよ……私は……」

「君は、いつも他人のことばかりだな」

八雲が小さく笑った。

「え？」

「自分のことより、他の誰かのことに必死になる。だから、トラブルメーカーになるんだ」

「悪かったわね……」

晴香は、涙を拭《ぬぐ》いながら言った。

「でも……そんな君だからこそ、信じることができたのかもしれない……」

そう言って八雲は、視線を時計塔に頂上に向けた。

「今のってどういう意味？」

花苗が、晴香を信じていたという意味だろうか？　それとも——。

「意味なんて、何だっていい。そんなことより……」

そこまで言って、八雲は視線を足許《あしもと》に落とした。

彼にしては珍しく、躊躇《ためら》っているような素振りに、何となく違和感を覚える。

「何？」

晴香が訊ねると、八雲は苦い表情を浮かべた。

「何でもない」

「気になるから言ってよ」

「いいんだ」

「よくない！」

晴香が詰め寄ると、八雲は視線を逸《そ》らして、寝グセだらけの髪をガリガリとかき回した。

やっぱり、いつもと違う。

「別に大したことじゃない。ただ……」

「うん」

「少しだけ、君のことを聞かせてくれないか？」

「私のこと？」

晴香は、八雲をじっと見つめた。

なぜかは分からないけど、いつもより、八雲の存在を近くに感じた。胸に温かい何かが広がって、沈黙さえ心地よく感じる。

「やっぱりいい」

八雲は、不意にそう言うと、晴香に背中を向けてスタスタと歩いて行ってしまった。

——本当に自分勝手だ。

「ちょっと、待ってよ」

晴香は、半ば呆《あき》れながらも、八雲の背中を追いかけた。

あとがき

『心霊探偵八雲　ANOTHER FILES　裁きの塔』を読んで頂き、ありがとうございます。

本作は、晴香に殺人の容疑がかかるという衝撃的な展開を迎えます。
晴香が勾留《こうりゅう》されたことにより、後藤や石井といった登場人物たちの心が、大きく揺れ動くことになります。

特に、八雲は、今までにないほどに葛藤《かっとう》します。

「心霊探偵八雲」のシリーズを書くとき、ただ、事件を解決するだけでなく、事件を通して、登場人物たちが何を考え、何を感じるのかを、大切に描いています。
今回の事件は、それがいつも以上に、色濃く出た内容になったのではないでしょうか――。

書いている私自身、今回の事件を通して、八雲の内面をより深く理解することができたように思います。

もちろん、八雲だけでなく、危機的状況に直面する晴香、不器用ながらも、周囲を鼓舞しつつ突き進む後藤、悩みながらではあるが、前に進もうとする石井——それぞれのキャラクターが、今までにない一面を見せてくれたように思います。

事件を通して、また一歩前に進んだ八雲たちが、これからどんな活躍を見せてくれるのか？

誰よりも楽しみにしているのは、私自身かもしれません。

待て！　しかして期待せよ！

平成二十七年　夏

神　永　学

本書は書きおろしです。

心《しん》霊《れい》探《たん》偵《てい》八《や》雲《くも》
ANOTHER《アナザー》 FILES《ファイル》 裁《さば》きの塔《とう》

神《かみ》永《なが》 学《まなぶ》

平成27年 9月25日　初版発行

発行者●郡司 聡

発行●株式会社KADOKAWA
〒102-8177　東京都千代田区富士見2-13-3
電話 03-3238-8521（カスタマーサポート）
http://www.kadokawa.co.jp/

角川文庫 19368

印刷所●株式会社暁印刷　製本所●株式会社ビルディング・ブックセンター

表紙画●和田三造

◎本書の無断複製（コピー、スキャン、デジタル化等）並びに無断複製物の譲渡及び配信は、著作権法上での例外を除き禁じられています。また、本書を代行業者などの第三者に依頼して複製する行為は、たとえ個人や家庭内での利用であっても一切認められておりません。
◎定価はカバーに明記してあります。
◎落丁・乱丁本は、送料小社負担にて、お取り替えいたします。KADOKAWA読者係までご連絡ください。（古書店で購入したものについては、お取り替えできません）
電話 049-259-1100（9:00～17:00/土日、祝日、年末年始を除く）
〒354-0041　埼玉県入間郡三芳町藤久保 550-1

©Manabu Kaminaga 2015　Printed in Japan
ISBN978-4-04-103365-4　C0193

角川文庫発刊に際して

角川源義

第二次世界大戦の敗北は、軍事力の敗北であった以上に、私たちの若い文化力の敗退であった。私たちの文化が戦争に対して如何に無力であり、単なるあだ花に過ぎなかったかを、私たちは身を以て体験し痛感した。西洋近代文化の摂取にとって、明治以後八十年の歳月は決して短かすぎたとは言えない。にもかかわらず、近代文化の伝統を確立し、自由な批判と柔軟な良識に富む文化層として自らを形成することに私たちは失敗して来た。そしてこれは、各層への文化の普及滲透を任務とする出版人の責任でもあった。

一九四五年以来、私たちは再び振出しに戻り、第一歩から踏み出すことを余儀なくされた。これは大きな不幸ではあるが、反面、これまでの混沌・未熟・歪曲の中にあった我が国の文化に秩序と確たる基礎を齎らすためには絶好の機会でもある。角川書店は、このような祖国の文化的危機にあたり、微力をも顧みず再建の礎石たるべき抱負と決意とをもって出発したが、ここに創立以来の念願を果すべく角川文庫を発刊する。これまで刊行されたあらゆる全集叢書文庫類の長所と短所とを検討し、古今東西の不朽の典籍を、良心的編集のもとに、廉価に、そして書架にふさわしい美本として、多くのひとびとに提供しようとする。しかし私たちは徒らに百科全書的な知識のジレッタントを作ることを目的とせず、あくまで祖国の文化に秩序と再建への道を示し、この文庫を角川書店の栄ある事業として、今後永久に継続発展せしめ、学芸と教養との殿堂として大成せんことを期したい。多くの読書子の愛情ある忠言と支持とによって、この希望と抱負とを完遂せしめられんことを願う。

一九四九年五月三日